可愛黨故事集

人生充滿困惑，
爸爸女兒用「說故事」相互陪伴

盧願 Hope Lu　盧建彰 Kurt Lu ———— 合著

目次

推薦序

流動的人生，不被侷限

——盧願、盧建彰《可愛黨故事集》讀後

——廖玉蕙（作家暨語文教育學者）

這是一本近似寓言的故事集，父女間的相互陪伴是經，敘說的故事是緯，像織布機上的梭子，直線、橫線交互穿梭往來，織就了斑斕的布匹，也成就了美滿的親子關係。《可愛黨故事集》是父女相互靠近的練習，人情練達的父親盧導或接續、或開展天真女兒盧願的簡筆作業，牽引著女兒一步步走進恍惚奇幻、似假還真的故事裡。

寓言的特質是「言在此、意在彼」，作者通過虛構的情境和角色，以擬人、象徵、誇飾、諧趣等手法，展示意在言外的哲理；讀者在享受故事的同時，也接受人生智慧的啟迪。它往往篇幅短小，語言、情節簡單，具趣味性，不但能夠吸引讀者且寓意深遠。

先秦時代的諸子百家慣用寓言來說理，多半是為了宣揚各自的學術思想及政治主張，用旁敲側擊方式遊說君王，一方面滿足人們喜歡聽故事的慾望，比較容易達到遊說的目的；一方面，利用說故事來遊說君王比較沒有危險性，而此中高手非韓非子和莊子莫屬。

西方最知名的《伊索寓言》裡面的角色大多是擬人化的動物，譬如鷹、夜鶯、或龜、兔、螞蟻和蚱蜢……先秦寓言中，《莊子》寓言和《伊索寓言》同樣，也寫了相當多的動、植物，譬如：高飛九萬里的大鵬鳥；夢中和莊生相會的蝴蝶；無人聞問的寂寞社樹；躲在樹蔭間納涼的蟬兒、聚精會神瞄準蟬兒的螳螂、等著撲殺螳螂的黃雀，還有濠梁之辯裡河中的鯈魚……差別在於《伊索寓言》多是動物的擬人化，牠們就是小說裡的主角；《莊子》是以動植物為觀察目標的敘事，作者以旁觀角度帶出所要揭櫫的思想哲學，志在遊說。相形之下，《伊索寓言》常伴隨道德概念，諸如〈龜兔賽跑〉、〈狼來了〉、〈北風與太陽〉……等，在道德教育中被大量使用。

此書之所以「近似寓言」，是因為其中某些篇章的呈現手法，確實具備寓言「以此說彼」特色，作者也讓動物出來代言；可是，若干篇章卻又以「私小說」方式直陳個人家常或難忘的心事，和寓言關係較少。

從書中呈現的主旨來歸納，《可愛黨故事集》異於傳統寓言的，是鮮少做正面的道德提醒或遊說，更多的其實是創意的引領，示範一種哲學性的思考，顛覆習以為常的概念並往深處挖掘更多元的解讀空間。暗示人生是流動的，不必被習慣領域給侷限住。〈猴王的故事〉用猴子的澹定索食場景，烘托陪伴之必要；〈弓藏鳥不盡的故事〉潛藏對殘酷的揚棄；〈夜鷺與松鼠的故事〉討論任性與自由的分野；〈小松鼠與小兔子的故事〉嘲諷被崇拜的虛榮與作繭自縛；〈兔子父女的故事〉是女兒盧願和父親的合作搭配之作，故事峰迴路轉的，闡述生命裡的彩蛋，得靠自己去定義的道理，結尾翻出意外的結局，讓人莞爾。……幾乎所有的故事都在追求閒適，主張「把會讓我們緊張的話，當作耳邊風就好」。

除此之外，窮究問題的核心也是重點。譬如石虎瀕臨絕種的討論，若逕自以「路殺」來解說最簡單；但如果直探核心，也許和人類的任性與不負責任脫不了關係；寵物狗被人類馴養再棄養後，為了生存，不得不追咬石虎充飢，探尋真相，需要的是腦力激盪。

我以為書中最珍貴的是，作者不時驅策讀者挑戰習慣領域，不要仰賴看似無疑義的舊規，最好嘗試新鮮的語言，思考不同的看法。說穿了，就是打敗懶惰的隨俗，開創新鮮的意念，以新作法取代舊觀念。譬如習用的成語，可以被顛覆嗎？能賦予新意嗎？例如：我們總是為了想要節省很多做事情的時間，甚至創造很多成語，如「欲速則不達」、「事半功倍」，但有沒有想過省下的時間，你是要拿來做什麼呢？那剩下的那一半會讓你感到更悠閒？還是反而讓你更焦慮呢？「自由」除了是可以隨興去做你想做的事，是不是「可以不去做任何你不想做的事」更重要？

盧導可能因為母親失智三十餘年，對時間特別敏感，將「度日如年」、「一日三秋」、「時差」都賦予更深刻的意義，甚至認為所有人跟人之間的意見不合，並非真的意見不合，而是時差所致，既然是時間差的問題，也許有機會藉「調時差」來改善。

全書最讓我動容的是〈熱水的故事〉和〈放學前的故事〉這兩則私小說，一悲一喜。〈熱水的故事〉是盛夏陽光下，蹺課打球的說謊孩子被母親發現並賞了一個滾燙巴掌的往事；〈放學前的故事〉寫一家三口清晨即起的全家溫馨互動。前者刻畫當年說謊孩子心中永遠難忘的痛，後者摹寫這位說謊的孩子長大後另組小家庭的幸福。這不期然讓我想起剛從「世界棒球十二強賽」奪魁，載譽歸來的台灣隊隊長陳傑憲。他疼愛妻兒，賽前、賽後聲聲呼喚老婆、呵護兒子的暖男形象深植人心，卻也知道他曾經歷母親染上惡習、因失憶淪為街友的艱難過往。盧導的故事比陳傑憲的更傷痛，被母親搧了巴掌後沒多久，母親便出車禍，腦傷失智，至今三十餘年。也許陳傑憲和盧建彰都經歷過巨大的家變，人生因而變色，所以，格外珍惜家庭的情緣。兩人都視如今的小家庭如珍寶，絕不容許再出任何差錯。幸而當年那些連舒伯特都只能無聲以對的困阨，不但沒有打倒他們，相對造就了他們的危機意識和愛家要及時表達的信念，幸福於是如影隨行。盧導將這兩相對照的文章並陳，讓人讀了既唏噓又感受無限的溫暖。

看完這本書時，我正好翻到《韓非子》裡的〈買櫝還珠〉寓言，敘述有人為了讓珠寶賣個好價錢，特意製作了個木蘭的飾品盒，用桂木、椒木將盒子薰香，拿珠玉點綴，取玫瑰裝飾，用鮮綠的翡翠來鑲嵌，把珠寶盒裝飾得漂漂亮亮的。結果買家一眼相中了珠寶盒，只想買盒子，退回主要商品——珠寶。

這則寓言的寫作，是皇上認為墨子學說雖然可行，修辭卻不佳，為此感到十分惋惜。田鳩遊說皇上，墨子的重要性原本是他的思想內容，如果太刻意在文字上下功夫，只怕會像那顆被華麗珠寶盒搶盡鋒頭的珠寶一樣，人們最終只被美麗的修辭所迷惑，卻忽略了墨子思想的精髓！

幾千年來，我們習慣拿「買櫝還珠」當負面詞彙使用，我也忍不住跟盧導一樣，開始海闊天空地聯想。「買櫝還珠」的本末倒置就一定不好嗎？作工精美的珠寶盒一定就會輸給價錢高昂的珠寶嗎？珠寶價昂，賣出不易；無意中發現另一種精雕細琢的手工藝更能吸引顧客，也許販賣珠寶盒會是一門更牢靠且持久的營生活兒也未可知。賓主易位，誰敢說就一定是禍不是福呢！

以上是我讀《可愛黨故事集》後受到的觀念影響及具體實踐，也很羨慕看似隨時陷入沉思狀態的顧顧，在人生途程中，有熱情滿滿的父親陪著一路說故事，真是何其幸福。

感時花濺淚，不感時花澆水

——爸爸序——

看一看，不打草稿，直接面對。這是我給自己的題目。

故事的起頭是，女兒願願在學校有一欄「心情小語」，老師希望大家都能寫出一段有意思的故事，但自我要求高、且不希望讓老師失望的女兒，感到壓力，在學期開始的第一天，愁眉苦臉。看在每天只想嘿皮開心度日的我眼中，自然是一項功課，我得處理面對的功課。

可以想見的安慰，勸女兒放寬心，出言鼓勵，樣樣我都思考過，但我自己覺得「一起」是最好的支持。所以我想一想，乾脆一起來寫。

我是這樣跟她說的。

我們一起寫，你寫一篇我寫一篇，不用擔心，把拔陪你。

結果，她老是寫得比我快，她都跑去玩了，我還在寫。嗚嗚，怎麼會變成這樣？我常常一邊寫一邊問自己，就像現在。

多數時候，我都看她寫什麼，我再往下發展。有時是故事的延伸，有時是故事的反面，有時是故事的聯想……當然，絕大多數是我的胡說八道，不具任何教育意義。勉為其難地可以稱為寓言，但絕無法認真看待，也許，當作笑話集還比較貼近一些。

寫作的時候，我也不在意地點，例如此刻，我是在一間便利商店寫這一篇序。我喜歡這種四周都是陌生人的地方，著實有種隱身術的感覺，我可以看到活生生的人在生活著，那讓人清楚感到安心。也許你不會認同自己，但努力活著的人們說起來也是種視覺上的鼓勵，大家都在拚命，你是在沒力什麼？有力氣抱怨，其實就表示還有力氣，也都還有選擇。

我也可以孤獨一人寫作，我耐得住寂寞，就像跑步一樣，你得自己抬起腿來，無法靠別人。不過，好消息是，你也不需要去抬別人的腿，這對我而言，是最重要的事。於是，我就也有種期待，也許幾年後，我的女兒在面對人生的某一題時，能夠想起，她曾經靠自己的力氣，一次一次抬起自己的腿，完成了一段路；她不必過分害怕眼前自己正在面對的有多巨大，她可以靠自己寫下自己的人生故事。

就算旁邊沒有人陪，還是可以一個人寫好自己的故事。

就算旁邊總有人陪，還是需要一個人寫好自己的故事。

我猜，這是我最想說的故事。

噢，對了，後來發現一件事，老師說希望女兒和同學們可以寫出通順有結構的故事，但女兒漏聽了一句，老師說的是「在老師教你們的兩年後」。也就是說，老師並沒有要求大家在開學的第一天就做到，而是希望兩年後，在遙遠的兩年後喔。是希望，而不是要求；是終點，而不是起點。

哈哈哈，結果這美麗的誤會，創造了這本小書。

當然，不得不說，這麼北七的故事，實在好適合北七的我們一家啊。

希望這本奇幻的小書，你會喜歡，也可以充分感受到，任何事都會不順利地順利完成。畢竟，連個小學生都能搞定人生的難題了，你一定也可以搞定你的心情的。

女兒詩

天上的光長怎樣？
長得好美麗
地上的光長怎樣？
長得好可愛

你看！
你看！
有人在看書

你看！
你看！
有人在寫書

小雲狗的故事

在大大的天空上有一朵小雲，這朵小雲真像一隻小狗，我想像這隻小狗在公園開心地跑著。

——盧願

「大家好，我是盧建彰。今天要和大家說一個關於一朵雲長得像小狗的故事。」

在大大的天空上有一朵小雲，這朵小雲真像一隻小狗，我想像這隻小狗在公園開心地跑著。

小雲在跑的時候，耳朵甩動著，有一隻蚊子正巧飛過。蚊子看了一眼，以為那耳朵是小雲的翅膀，想說小雲是大隻的蚊子，於是蚊子就沒有叮小雲，小雲就沒有得到心絲蟲了。

小雲在跑的時候，尾巴伸得直直地搖呀搖，那快樂晃動的模樣真是好看。有部汽車擋風玻璃的雨刷遠遠地看到了，深深感到鼓舞，希望自己下次有機會擺動時也要這麼努力。而它正好是部救護車的雨刷。於是，在幾天後颱風的夜裡，它用力地擺動，把玻璃上的雨水用力且快速地甩掉，讓救護車司機可以安全且即時地把一位老先生送到醫院去，真是太好了。

小雲在跑的時候，舌頭掉了出來，在半空中揮動著，而這就是小雲跑得快的祕訣。

舌頭撥開空氣，帶動了氣流，讓小雲的移動，因此更加穩定，就像那個飛人一般。而這一切被一個孩子看見了。後來，那個孩子去打籃球，每次在空中時就會吐舌頭。

小雲在跑的時候，公園裡有片葉子落下，掉在它的頭上。小雲把頭甩了甩，往前跑去，小雲甩頭，頭上的毛也跟著在空中飄動，帶出了好看的線條。一個坐在公園躺椅上休息的男子在陽光中看到了這一幕，他深深被那律動和美感所撼動。他起身，揹起了原本靠在公園躺椅旁的電吉他。那把電吉他是左撇子專用的，這男子從此在他的演唱會上總是隨著節奏甩動他的長髮。無論是在西雅圖還是紐約，直到最後。

噢，請原諒我，只因為有朵白雲像狗，就任意把在公園裡奔跑的一隻小狗叫做小雲。也許，你也會好奇，我為什麼知道那隻奔跑的小狗後來發生的事？那是因為我一直在看著。

我是天空。

我想像這隻小狗在公園跑著，但，我好像不行。我太大了。

○

「小狗雲的故事，就到這邊結束。下次去公園時，抬頭看看天上的雲，或許你也會看到他。我是盧建彰，謝謝你聽我說故事。」

向日葵的故事

有一朵向日葵，這朵向日葵是金黃色的，這朵向日葵在美麗的花園裡，真可愛。在上個星期一我來到了這個美麗的花園裡。

——盧頎

「大家好，我是盧建彰。現在要說的，是美麗花園裡向日葵的故事。」

○

有一朵向日葵，這朵向日葵是金黃色的，這朵向日葵在美麗的花園裡，真可愛。

在上個星期一，我來到了這個美麗的花園裡。

我原本沒有要來這裡的。這句話似乎有點說了也是白說，畢竟，任何地方只要不是你原本所在的地方，你都可以說這句。

母親的子宮，高度戒護的監獄，奧運頒獎台，都可以。

連靈骨塔的塔位，都可以。

對，剛剛說的地方，我都去過，都是「原本沒有要來這裡」的那種。

話說回來，向日葵是我希望它在那裡的。以為標記。

那天，我們趕著離開，母親說我只能帶一個背包。我突發奇想，把那鐵盒埋到土裡，再把一顆向日葵種子埋下，希望它長出來，這樣之後，我可以回來拿。

我沒有想過自己會那麼快回來。

母親是個牧師。

在這時代，加上「女」牧師，是多餘的。當然，這反映了我們時代的變化，也是一種標記。

我叫水獺，自由式五十公尺是我專攻的項目。那一天媽媽叫我站上奧運的頒獎台拍照，我沒有多說什麼，覺得如果媽媽因此會開心，那我也很開心。

誰知道這件事會改變我。原本應該只是張出遊照片，結果，那影像除了透過鏡頭映在感光元件上，也映在我的視網膜上，甚至印在我的心上了。我在十年後，代表國家出賽奧運，最後站上頒獎台。

前一段是記者寫的，後來，我看到，還跟經紀人小小抱怨，那張照片是教會辦的背《聖經》比賽，只有三個小朋友參加。頒獎時，另兩個小朋友還因為爸媽說要回家就先走了，不然那時候凸台上面為什麼只有我一個人呢？還有，人是看不到自己的，這個影像怎麼可能映在我的視網膜上？

這段我倒是和監獄裡的朋友聊很多，我說我也關在監獄裡，在一個五十公尺乘以二點五公尺的監獄。我被關了十五年的獨居房，這空間裡只有我一個人，沒有人可以聊天，我只能和自己說話。

大家聽了就一直鼓掌，結束時有位大哥還過來拍拍我肩膀說：「你辛苦了。」不知道回什麼好的我，只好說：「你也是。」

雖然我形容泳池水道像監獄，已經關了我十五年，但我也還是很感謝它，讓我不必去教會，你知道作牧師的小孩是另一種辛苦，這點我也很謝謝媽媽的寬容，放過我。我媽媽背靠著監獄大廳的牆，笑著對我說：「彼此彼此，謝謝照顧。」我猜，她也覺得可以陪我四處比賽，對她而言，是一種逃獄吧。

所以，這次出國比賽前，我準備好一個禮物打算送她，謝謝她十五年來，每天載送我去游泳池，無論颱風下雨寒流，天天五點起床，

實在太了不起了，我覺得至少值一個奧運獎牌。

怕那禮物被發現提前破哏，我埋到土裡，直到這禮拜比賽完回國，結果，我一看，大傻眼。

我爸爸不知道發什麼神經，說在網路上看到大聯盟球員比賽中，無聊地把在吃的葵花籽埋到球場紅土，弄得像花園一樣，他也照做，把我那包沒用完的種子全撒到庭院去。現在，在我眼前的，是一朵朵盛開的向日葵花海。我根本不知道禮物埋在哪了。

◌

「意外的種子，讓向日葵花海變成珍貴的禮物。你生命中有這樣的經驗嗎？我是盧建彰，謝謝你和我一起在故事裡發現禮物。」

蜜蜂、蝴蝶與我的故事

有一朵美麗的花朵，它是紅色的，它除了美麗，聞起來也很香，蝴蝶和蜜蜂都很喜歡它。有一天，蝴蝶正要去找花朵時，遇到了蜜蜂，因此蝴蝶說：「不然我們一起去找它吧！」因此大家就一起開心地去找花朵了。

——盧願

「大家好，我是盧建彰。今天要說一個關於蜂蜜、蝴蝶與我的故事。」

很多餐廳都很吸引人。

試著回想，你去過的第一家餐廳。

我想了好一陣子，想不起來。

所以，當我在路上遇見蝴蝶和蜜蜂時，我問他們要去哪？他們回答要去吃飯，這個問題又回來找我了。

我的第一家餐廳是哪裡呢？

我試著動動嘴巴，好藉由肢體動作來喚醒記憶。結果，不太明顯，倒是誘發了我的食欲。一不留意，我的心裡充滿了飢餓，隨手把眼前的食物吃掉了。

吃完之後，心中踏實許多，作為一名探員，我隨時都要保持良好的推理能力，因此，我打算等等繼續來鍛鍊，好好來思考一番。

其實，就像奧運選手一樣，我們在各種專業領域上都要努力，不斷地練習。但練習並不是次數多就夠了，否則，每天煮飯就一定是名廚，每天跑步就可以是選手了。一定不只是這樣的，不然，每家公司的老闆，不就都是最老的那位了嗎？因為他來上班最多天，上班的次數最多呀。

我作為一隻食蟹獴，充分認識到，要在這世上生存，絕對要靠身體，而大腦也是身體的器官之一呀，怎麼可以不善加利用呢？

像寄居蟹有堅硬的外殼，用我的手是不可能剝開的，就算牙齒咬也很有限，這時候就要動手外加動腦，去想一想。後來想出來，我可以用前腳握住，再使勁地往胯下的方向砸，讓他掉到地上撞碎外殼。

我一邊跟你說明，一邊突然發現我似乎有那麼些印象了，關於我去過的第一家餐廳。

我想，是我的母親。

不是我母親帶我去餐廳的。

而是我母親就是我的餐廳。

身為探員，我雖然有很多案子推想不出來，但關於這一題的答案，我應該是對的。因為哺乳類的意思，就是字面上的意思。因此，我的母親就是我去的第一家餐廳。你可能也是，如果你也是哺乳類的話。

不好意思，稍等一下，有人報案。

什麼？

蜜蜂和蝴蝶失蹤了？

啊！你知道食蟹獴不是只吃蟹類吧？不要被表面上的名字給誤導了，我們吃很多東西，蛇、青蛙都吃，也吃昆蟲。

我在想，可能是剛才我在思考的時候，激發了食欲，於是，吃了眼前的食物，也就是蜜蜂和蝴蝶……

「親愛的朋友，想東西的時候會不由自主把零食塞到嘴裡，對吧？我是盧建彰，祝福你，我們下次見。」

偵探狗的故事

有一天，有一隻小狗和牠的主人去散步時，突然下雨了，小狗的主人說：「啊！下雨了，我們趕快回去吧！」結果這隻小狗的主人發現，沒有傘要怎麼回去？最後他們只好淋著雨回去了！真可憐。

——盧願

「大家好，我是盧建彰，今天要和大家分享一隻小狗無意間拯救了主人的故事。」

◌

我是一隻狗。

一名偵探狗。

經常出現一些特殊案件，我都會努力地去找出答案。雖然未必有人會謝謝我，甚至有時反而被討厭，當然也有從頭到尾沒人意識到發生了什麼事。

那天是這樣子的，我生日。

但狗生日不像人會大肆慶祝，相反的，有些狗的生日根本沒有人知道，我就是這樣子。不過，我的僕人K幫我訂了五月二十五日作為生日，每年替我慶祝。我是很高興啦，畢竟，有排骨吃，有一年還是牛排，實在很不錯。可是他始終搞錯日期了，那也沒辦法，因為我是被領養的嘛。

人生總是不如人意呀。

當然，我不是人，我只是借用你們人的說法而已，請別介意。

回到那一天，我真正的生日那天，至於是幾月幾號，我就不提了，反正沒有人知道。我們狗和人類的小孩有一點不同，我們都在幾個月大的時候就被迫離開爸媽，所以從來沒有機會和爸媽一起慶生，而且我這種情況是多數，我是說被人類領養。

你可能感到有點悲傷，但這是事情的真相。一如我一開頭說的，真相未必美麗，真相也未必是人們所願意接受的。

不好意思，我擦一下口水再繼續說。

「現代的法治教育很重要。」那天，我的僕人K在看報紙，嘴裡念念有詞。我瞄了一眼他剛放下的報紙，大概理解了。

那是一篇關於職籃球員打假球的報導。這真是很糟糕，不要說對社會造成怎樣不佳的觀感啦，最需要道歉的人，難道不是自己嗎？當初那個一早天還沒亮就得起床苦練，操得半死，操到吐，別人放假休息了，自己還在練球，一年裡只有過年放幾天，其他日子就只是練球的人生，難道練那麼多年的球，只是為了打假球嗎？更別提之後可能連球都沒得打呀，這麼不合乎邏輯的事，大概也只有人類做得出來吧？

噢，天啊，我是不是又講太多了？

總之，那天氣壓變低，我的鼻子嗅聞到空氣中傳來泥土味——通常這表示快下雨了。僕人K找我出去散步，我想到一個妙計。

當他蹲下來穿鞋子時，我走到他的臉旁邊，示意他摸摸我的頭，而當他這樣做時，他就忘記原本要拿的傘了。

當然，也是因為我覺得天氣悶熱，很久沒玩水了，因此想要淋點雨玩一下，哈哈哈。

還有，下雨淋濕，手機不能用，僕人就不能上網，就也可以減少捲入網路簽賭的機會了，不是嗎？

◌

「偵探狗的故事說完了，關於他如何神不知鬼不覺地幫僕人K度過重重危機，有機會再說給你聽。我是盧建彰，祝福你今天也躲過一場雨。」

小貓的故事

有一天，有一隻小貓在美麗的後院曬太陽，小貓覺得好舒服，也好開心！但小貓的主人叫了小貓，主人說：要吃飯了！小貓懶得跑過去，結果最後小貓被主人罵了，從此小貓不敢了。

——盧頎

「大家好，我是盧建彰。這是從前在我腿上睡了很久的貓，告訴我的故事。」

我是一隻貓。

我可能有一點憂鬱症，或躁鬱症，我不確定。

當然也可能只是因為我對許多事有那麼點期待。

那天，我走進一間咖啡館，發現沒有什麼客人，正想找張椅子睡午覺，一個短頭髮的男生走進店裡。

他穿白色的T恤，黑色的短褲，白色的 Nike Dunk 球鞋，髮型很俐落，身上很香，是木質調的香氣。

他整個人散發出一股清新脫俗的感覺，乾乾淨淨的。

我喜歡乾淨，而且可能比一些貓更加在乎潔淨的感覺。當然，每隻貓個性不一樣，需求也不一樣，我只是稍稍期望多一點。

比方說，我介意身上的味道，不喜歡沾染上不舒服的氣息。為了讓我晚上回家睡覺時不會一直爬起來舔自己身上的毛，我對於空間裡物件、人物的氣味，就有一點點在意。

有的貓重視吃；我重視氣味。也可能因為我總是吃得飽吧。通常能被滿足的事，就比較不在意。

那也許不是重視或不重視的問題，就只是不匱乏。我很清楚，也不該得了便宜還賣乖。

我就是一隻得利的貓呀。既得利益者，你知道的。

說回咖啡館裡乾淨的年輕男子，我看了他一眼，故作優雅，眼光低垂，假裝不看他，腳步輕緩，慢慢抬起，慢慢放下，慢慢走向他。

他突然起身，嚇我一跳，但我不動聲色，故意讓他和我擦身而過，我高高豎起的尾巴滑過他的小腿，我再輕聲地喵一聲。

照我過去的經驗，任何人都會被我「收服」，成為我舒服的坐墊，讓我躺在腿上，睡個愜意的午覺。

果然，他低頭對我也喵了一聲。只是，他依舊是個愚蠢的人類，他模仿我們貓族的叫聲，卻不知道那聲音的意思。

那一句喵聲，是「天氣很好」，我們平常不這樣說話，尤其在室內，剛見面時。說了這句，相當於再見，意思是「天氣很好，我要出去走走了，再見」。

這樣說你應該能夠理解吧？

不過，大量、寬容的我，自然不會太過計較，人類嘛，不是太高等的生物，期望過高，只會失望更多啊。聰明如我，不會自找罪受。

我也幾乎可以預測人類的行為，以他為例，就是要走去櫃檯點咖啡，我不必跟過去，那也太有失貓格了。我只要留在原地，等他回來，守株待人，就好了。

我原地坐下，用舌頭理了理胸前的毛，背上的毛，再舔舔左手。

結果，接著發生的事，讓我正舔手的舌頭掉在嘴巴外頭。

他走回來的時候，變成兩個他。

一樣修剪整齊的短髮，一樣白色的短袖上衣，一樣深色短褲，搭白色運動鞋。

我幾乎以為他是扛著鏡子走路，實在太奇妙了。

當然，我最在意的不是外表，是味道，我動了動鼻子，確定了，沒有臭味，是乾淨的味道。

這時，問題來了，我要選擇誰呢？A人類和B人類應該都是還不錯的睡墊，視覺判斷體脂肪差不多，體溫應該也接近，我一下子無法決定，陷入了選擇困難。

我正小小苦惱，發現他們眼裡沒有我。他們互相為對方用手機拍照後，大口喝掉咖啡，就起身，走人！

傻眼的我，一下子沒反應過來，看著B男的腿跨過我，上面穿著的白襪，最上一段織著彩虹色花紋。

他們嘴裡念著：「遊行快開始了，快點……」

我是不知道他們要去什麼遊行啦，我只是隻貓，沒有什麼訴求，真要說，就是好好睡個午覺而已。

我一邊想，一邊走，來到一片草地，伸伸懶腰就躺下來。遠遠地，看到許多人在路上走著，身上都有那個男生腿上的彩虹。

聽到我們家負責弄飯給我吃的，在那裡叫我，迷糊間，我聽他大呼小叫的。

我心想，他大概跟我一樣，也是不虞匱乏的。

◌

「貓在我腿上說完這個故事後，就跳下我的膝蓋，跑走了。我想起我今天也不虞匱乏，曾有一隻貓睡在我的腿上。我是盧建彰，謝謝你願意聽我說故事。」

瓢蟲的故事

在寬闊的後院裡，有一棵高大的大樹，大樹上有兩隻瓢蟲，牠們是紅色的，圓圓的就像花。

——盧願

「大家好，我是盧建彰。今天的故事是某天瓢蟲和我說的。希望你喜歡。」

◌

在現代人類社會中，人們在意自己居住的環境。雖然很多時候，這個在意，是以金錢在表現著。

有時候，那帶來了痛苦。

那天，斯華洛士奇這樣跟我說時，我一下子反應不過來。

人類耶，那麼滿不在乎弄死其他生物，弄壞一切東西的人類，真的會感到痛苦嗎？我很懷疑，他們不是很偉大嗎？

我們是在吃樹葉的時候閒聊的，斯華洛士奇嚼了兩下後，開始長篇大論。

可能你會對他的名字感到好奇，不過也只是個名字啦，不太重要，他想叫這個名字就叫這名字。

我一邊嚼樹葉，一邊聽他說，嘴巴裡有東西，肚子不餓，比較容易思考，我說我啦。

他繼續發表高論。

「他們會在意自己擁有的，而且這個擁有是具『排他性』的。」

「『排他性』？」我問。

「就是排除他人。」

「什麼是排泄他人？大在別人身上嗎？也太髒了吧！」

斯華洛士奇大笑不已，葉子被他弄得晃呀晃的，我都快掉下去了。但我嘴巴沒有停，繼續嚼著。

「不是啦，不是排泄他人，雖然你這樣說也具有哲學上的意義，把自己不要的東西砸到別人身上，確實很有人類的風格。」斯華洛士奇對我露出讚賞的表情。

「不然是怎樣呢？你要不要趕快說，我有點想到另一片樹葉去了。」

「喔，好。我們可以先飛過去喔，我再繼續說，那你決定一下等等要去哪一片葉子。」斯華洛士奇友善地說。

我打開翅膀，飛到另一片葉子上，一邊想著，斯華洛士奇總是這麼友善，也許太友善了，他總是讓我先吃。可能相比之下，他更在意我們可不可以討論他所謂吃以外的東西。

「你看，你不會說剛剛那片葉子是你的，我不可以吃。如果你那樣做，就是排他性。」

「啊？什麼意思？吃到我肚子裡的，才是我的吧？」我好奇地問。

「對，這可能也是差別，我們覺得我們身上的才是我們的，就像我們不會覺得這棵樹是我們的。」他說。

「我不太懂，樹當然不是我們的，天空也不是我們的，草地也不是我們的，不然呢？人類為什麼會覺得是他們的？頂多只是他們現在在這裡而已呀。」我回他的同時，覺得這片葉子纖維比較粗，吐了一口出來。

「是啊，何況他們現在也不在這裡。這個庭院比較大，要花比較多錢維護，因此那個認為他擁有這裡的人幾乎都在外面工作賺錢，很少來這裡。」

我聽了很驚訝，停下正在呸呸呸吐掉葉梗的動作。「那，那這個排泄性有什麼用？」

「是排他性。」斯華洛士奇冷靜地說，臉上沒有表情。

「我覺得他們應該吃眼前的葉子就好，而且，真的吃下去。」我說。

「今天的故事就到這邊。你吃的葉子屬於你嗎？你一次只吃一片葉子嗎？希望你喜歡這個故事。我是盧建彰，我們下次再一起說故事。」

小氣驢子的故事

從前，有一隻驢子叫「小氣」。牠叫小氣是因為牠真的很小氣，每次只要小氣拿到一個東西，小氣就絕對不會分享給別的動物，因此大家都不喜歡牠。有天，小氣發現大家都不理牠，因為牠不喜歡這種感覺，因此決定以後不能再這麼小氣了。

——盧頤

「大家好，我是盧建彰，我不小氣。今天要說一個關於小氣驢子的故事。」

◌

我曾經是隻驢子。

有一年，大饑荒。我是說人類。我們驢子是吃草的，綠一點的吃，枯一點的也吃，我們不太挑的，安安靜靜，嚼嚼嚼，日子就過去了。啊，我講到哪裡去了，噢對，饑荒，人類的。

你知道我們會幫忙人類載貨物，所以，有些人類瞧不起我們，覺得比起載人的馬，載貨的驢子比較低等。這實在也很妙，先說在前頭，我對馬沒什麼意見，我們見面也是會視而不見地打招呼，不給對方帶來困擾，才不會給自己帶來麻煩。大致上，動物都這樣活，除非要吃對方，不然都沒空理對方，奉行一種互不侵犯的社交禮儀。

有人說馬跑得比我們驢子快，所以比較高級。這個真的很人類思考耶，如果比較快就比較好，那每一隻會飛的鳥，都比地上的動物高等啊，我跟你說，可能連昆蟲如蚊子都是。

其實，這種高低之分，只是從人類的角度想而已啦，哪一種動物對他們有用處，就比較高等。

話說回來，不能腳踏實地、只想靠別人，這種行為，在動物界，大概也不是很多啦。

我沒有批評的意思，只是試著說出來而已。

話說回來，獅子、豹也跑很快，人類怎麼不去騎一下，然後誇獎他們很高等？

什麼？你說會被吃掉啊？

對啊，人類也愛用「吃掉」這種概念來定義高下。那你把一位人類和一隻獅子擺在一起，看誰會吃掉誰？

然後，你再過去說：「你好棒，你比較高等。」

我覺得，獅子不會懂你在說什麼，他可能只會咬你。但也不一定，這不是由他決定的，是由偉大的人類決定的。

以這個例子而言，基本上，是由前一位人類所決定，說決定可能也不太精確，應該說由他這位人類的身體決定。他的身體如果肉多，獅子吃完覺得飽了，獅子就不會理你這頒獎人；如果獅子沒有覺得飽，你這位頒獎人就會變成故人。

關於這一點，獅子本身也無法預先決定，完全取決於偉大的人類。

多說一句，我在吃草的時候，從來不會去想我比草高等。那樣想也太奇怪了。

前面說到我曾經是隻驢子，那我現在是什麼？你要不要猜看看啊？

有一次，我不想幫人類搬東西，他們就說我小氣，叫我「小氣」，我是沒差啦，反正我又聽不懂。有人說人類給我東西吃，我卻不工作，很不應該。拜託，那可以放我走啊，我本來就會自己找東西吃，我又沒有要求你們人類給我東西吃。

只有人類會覺得給別的動物東西吃，就可以使喚別人。沒有任何其他動物會這樣想的。

還有，也只有人類會吃其他動物，自己卻不給別的動物吃。這樣說起來，誰比較小氣呢？

前面說到我曾經是隻驢子，現在呢？

因為饑荒，人類就把我吃了，我就成為死掉的驢子了。

現在，或許會有人說我「大氣」呢。

我只能說，希望他們也是。

〇

「你覺得自己是大氣還是小氣呢？死掉的驢子和我們說了好多，謝謝驢子。我是盧建彰，下次再說故事給你聽。」

猴王的故事

有一個公主她很驕傲也很自私，大家都非常不喜歡她。有一次，她把「小情」最喜歡的杯子故意摔破，害小情哭了起來；還有一次她把「小小」的花瓶弄破，害小小很生氣，還說是「大大」弄破的。我覺得就算是公主也不能這樣。

——盧願

「大家好，我是盧建彰，你和猴子一起吃過早餐嗎？這個故事是我大學同學和我說的，和你分享。」

○

國王未必是國王的兒子，因為多的是自立為王。那公主呢？公主的父母是不是都必須是皇親國戚才可以呀？我這樣問跟我一起躺在樹下的猴子。

他沒有回答，他的背倚著石做的階梯，透過葉片間穿下的陽光，讓他臉上有一點一點的斑點，看起來不太像我平常在畫的猴子。

我會問猴子，是因為他是猴王。在這一座山，不，其實我不清楚這座山有幾群猴子棲息，畢竟，我也只是個蹺課的大學生，坐在管理學院旁邊的階梯，抽菸，吃早餐。

我本來在吃販賣部賣的包子配可樂。我知道早餐喝可樂不好，但因為我只是一個對會計學感到乏味的大學生，所以早餐喝可樂應該也還好吧，我都蹺課了。我感到乏味的，也不只是會計學，整個學校都讓我感到乏味。但最乏味的，就是我自己。不知道如何是好，我才抽菸，抽了就更覺得無聊。菸是無聊的放大器，讓人自覺面目可憎。

我在那自怨自艾的同時，看到一隻灰色的手映入眼簾。那是猴子的手。

我不懂，望向猴子的臉，看向他，他的圓眼睛看向我，好像覺得我笨笨的。這時，看他手指一指，我順著那方向看，是朝向我身體的另一側，我看過去，喔，是包子。

猴子要我的包子。

他的表情像《教父》第一集裡的馬龍白蘭度，微微動一下眉間，眼神堅定，盯著我，剛毅的嘴唇緊閉，我覺得下一秒就要聽到他說：「我會給你一個難以拒絕的條件。」

我不由自主地把手上的包子遞給他，這是什麼樣的感覺呢？宛如被催眠，無法控制自己的身體啊。我看著一隻手拿著肉包到猴子面前，那手看來熟悉，卻又陌生無比。那手上細細的毛，在光線照耀下，溫柔地立著，我從未這樣仔細看著自己的手。那瞬間，我幾乎要感動落淚，真是好看呀。

猴子這時臉上露出滿意的表情，他伸出右手接過包子，我可以看到上面細長的毛髮，長長的，有一兩束特別長，在風中飄飄蕩蕩，映照在白色的肉包上，格外顯眼，我眼睛緊盯著，不由自主，我到底怎麼了。

猴子似乎無視於我的存在，抬起手，把肉包放到嘴裡，大口嚼著。我望著出神，他吃得很快，臉上表情木然，似乎毫不享受，只是在處理一件日常事務，而且愈快做完愈好。一點點不耐煩，一點點可做可不做的疲憊感。

我的肚子突然一陣餓意襲來，是啦，那是我的早餐，我並不感到可惜，那肉包給猴子吃也許比較好。我不餓，不，我餓，但沒關係，我不是保育類的，我是無聊類的，最好絕跡。

猴子三兩下就吃完了包子，此時才露出心滿意足的表情，舔舔手上的油，感覺心情不錯。

我望著那隨風飄動的黑毛，迎風而立，不屈不撓。

猴子又再度伸出手來，我有些驚訝，他應該看到我手上沒有肉包了呀。我搖搖頭。心裡想著搖頭對猴子的意義是什麼，他看得懂嗎？

結果，猴子伸出食指，噢，至少這是共通的語言，他指向我的另一側，我順著那方向，看過去。

沒東西呀？我納悶著，眼前是長長的馬路，蜿蜒而上，空無一人，只有我和猴子。我多想要有人啊，這樣就可以有人看到猴子吃了我的肉包了，但沒有，大家都在上課。

猴子看我沒反應，戳了我的肩。猴子戳我肩耶。我真想跟大家說啊，我心裡翻騰著，看向猴子。

猴子望著我，再次指向我身旁，我皺起眉頭，心想就沒有肉包了啊，總不會叫我再去買吧，雖然教父很有可能這樣做。

猴子的食指動了動，這算食指大動嗎？但我看他指的方向有些變化，似乎朝下方去。

我轉頭，往下望。

啊，我忘記我買了可樂，被我的褲子擋住了。原來他要的是可樂啊。

這時，我心裡突然有個想法，這可樂是易開罐，猴子會吃肉包，但，他會開易開罐嗎？

帶著這好奇，我拿起可樂罐，轉身拿給猴子。

當我要給猴子的時候，可樂罐從他手掌前落下，掉在地上，並且順著斜坡往下滾去。

我嚇了一大跳，慌忙間，急著解釋：「對不起，對不起，我雙眼視差很嚴重，距離感有問題。以前弄破同學的杯子、花瓶，他們就罵我，說我有公主病，對不起、對不起……」我愈說愈急，眼淚自己落了下來。

好難過，好難過，我連個可樂都拿不好，連對猴子都處理不好。我活該沒有朋友，只能躲在這，一個人。

模糊裡，我看到猴子爬起來，離開。

連猴子都要離開我。

接著，我看到猴子又走回來，手上多了一罐可樂，我掉的那罐。

我想到猴子沒法開，正要伸手幫忙，便看到猴子把食指插到拉環裡，接著，唰一聲，他打開可樂了。

他仰頭喝一大口，接著，他把可樂遞給我。

「我真希望我也遇過猴王，和他一起喝可樂，靜靜地坐在我旁邊，陪我一小段時間。我是盧建彰，下回繼續用故事陪伴你。」

小丑的故事

有一個小丑，他是一個會把小朋友弄哭的小丑，他非常地壞，因此被他弄哭過的小朋友都不敢靠近他，但是有一個小朋友不知道這個小丑很壞，因此不久後一陣哭聲傳來，我覺得這個哭聲應該是小丑又弄哭了一個小朋友吧。

——盧願

「大家好，我是盧建彰，今天要說一個影響我很深的小丑的故事。」

○

曾經有一位了不起的小丑，他非常了不起。

他曾經創造非常多奇妙的故事，甚至幾乎可以說整個世代的人都因為他而笑咪咪的。很多人被他影響，甚至只要看見他，就會忍不住地想要笑，就像反射反應一樣，立刻聯想到他之前有趣、好笑的表演。

他在一個時代裡，擁有這樣的位置，其實非常獨特，他甚至影響了非常多人的人生——包含了他人的生意——在他身上形成了產業鏈，一個有上游有下游，可以養活很多人的產業。稱之為產業，當然是因為它有產值，但這些產值未必全部都回饋到他身上。

有意思的地方在於，我以為我認識他，我以為我了解他，我以為我看了他所有的表演、所有的電影，然後，我甚至在某時期，會希望自己在未來可以跟他一樣，帶給人們歡樂，帶給人們一些從現實世界裡可以逃脫出去的可能。看到他的時候，透過你的眼睛，你好像就有機會跳進他的世界，然後獲得一些眼前可能無法處理的難題的答案。當然，你也知道那個答案，它看起來像答案，但它未必是真實的答案，但那答案至少讓你在這一秒鐘、這一分鐘，好像還撐得下去，好像還能呼吸，你不至於被胸口的大石頭壓扁，你也不至於被眼前巨大的難題傷害。我覺得那是很厲害、很了不起的一個能力：能夠讓別人好好地活著。

但是，你知道嗎？

某一天，這整件事情在某一天突然完全變調了。

那時候我甚至有一種感覺，好像被狠狠地賞了一個巴掌，臉上辣辣的，心裡酸酸的。到現在，經過了三、四十年，我都還是有一種不真實感，而那不真實感，跟當初聽到消息的那一天一模一樣：我不知道所謂的快樂到底是什麼？

我不確切知道，當我們在笑的時候，我們真的快樂嗎？快樂是永恆的嗎？如果不是，那為什麼不呢？

從那一天開始，這變成我非常在乎、在意，但直到現在也思索不出的問題。

那一天發生什麼事呢？

這位了不起的小丑，他死掉了。

他死掉了。

而且是他讓自己離開的。

隨著他的離開，才開始有一些記者報導，原來這位帶給人們歡笑的小丑，很不快樂，而且是極度不快樂，非常不快樂。他必須要靠酒精甚至藥物，好幫助他能夠完成每一次的表演。

我讀到那報導時，當下有一種非常強烈的荒謬感：他每一次表演都荒謬地讓人發笑，可是，更巨大、更強烈的荒謬，卻是因為他的離去，讓所有表演成為更高層次、更加具體的荒謬。

我後來回想，每當我看他表演，並且笑得花枝亂顫，笑得捧腹，笑到腹肌都跑出來，笑到下巴都闔不上，笑到臉頰的肌肉痛得要命的當下——他是很不快樂的。

而一個很不快樂的人，又是怎麼讓別人快樂呢？

而他的不快樂，難道是因為他帶給別人很多快樂嗎？

或者說，他帶來的歡笑，竟然是他痛苦的來源？

他的表演非常精采，創造了很巨大的效果，許多人因此盯上他，想要從他身上得到利益，而他又缺乏處理的能力，所以被這些人控制，成為他人的搖錢樹、賺錢的機器。但那賺的錢未必都會回到他身上，因為這些人使用了其他的方式控制他，藉由要他去賭博，讓他欠下巨額的債務，因此不得不答應工作上的邀請。說是邀請，到後來也變成是一種要求了。

他欠下了巨款，勢必得償還。但償還的方式，未必是正常或公道的，有人說如果這些錢全部進到他口袋，或許他欠的債務早就還清了。

可是，這些錢是先進到別人口袋，之後再到他手上，被剝了一層皮，而且是很大一層皮，可能是深可見骨的。

難免，你會想，我們多數時候都在努力追求快樂，而一個可以帶給我們快樂的人，是那麼不快樂，那眼前的我，眼前自認為快樂的我，難道我的存在跟那快樂是一樣虛幻的嗎？

會不會每一次當我們開心地笑完之後，那個帶給我們快樂的人，在我們的笑聲中、在下了舞台的後台、在休息室、在前往下一個表演的途中，他是在哭的。

那哭聲，我們確實也聽得到。

只是它 delay 了，它延遲了，它延遲了一段時間之後，我們才聽得見。在他離開之後，我們才聽到當時夾雜在笑聲之間、屬於他的哭聲。

美國一位重要的喜劇演員，也是選擇用自己的方式離開。而他帶給人們的歡樂更巨大，他主演的一部電影探討詩，有非常多重要、對生命的提問，當然故事劇本是由編劇所寫，電影是由導演所構攝，但觀影的我們難免會投射：這位演員會不會也跟電影裡的那位老師一樣，對人生充滿了想法？熱愛並且願意去分享，願意去啓發像我們這樣在人生課堂上的學生們。而他在最後，竟然選擇用自己的方式離去，我感到無比困惑。

有時候，我的時間感好像凍結在十七歲那年，我的母親車禍失智，我喜愛的搖滾歌手離去，這些都讓我思考，我們如此渴望追求幸福，難道是虛幻的嗎？還是從追求到理解「這是虛幻」，才最真實？

或者說，當我勉強同意，勉為其難地同意，理解這虛幻之後的所作所為，才變得真實，才變得積極，才理解歡笑或笑聲，從其他角度聽起來，是有可能像是哭聲的。

會不會唯有如此，我們才理解那位小丑帶給人們的，除了笑聲之外，還有笑聲的另一面：哭聲。

會不會，眼前我們意識到的痛苦，未必是你看見的、你想像的痛苦。這些對話最後形成了藝術，藝術本身才是我們追求的意義，不單是那笑聲或者哭聲，而是笑聲跟哭聲的總和。

在聽見笑聲跟哭聲的同時，理解自己的生命其實是不斷地在「創造」裡確認自己還有生命。

搞笑很重要，但是到底搞了什麼，好讓彼此笑得出來、哭得出來，可以有意識地不斷省察，不斷提問，或許就不會是胡搞瞎搞吧。

我們身體遲早會壞去，但若因此先放棄了，會不會最佳解是此刻就離開呢？如果現在選擇沒有要先離開，是不是應該盡可能地讓它產生變化？

讓它再好一點，讓它盡量維持屬於好的多一點點，讓它多一點可能。比方說我每天運動半小時，常常躺在地上累得要命，我女兒會走過來，看到我氣喘如牛，問我：

「你要死掉了嗎？」

我覺得，當人們還願意問你這個問題，或許代表，你還活著，你應該還活著，你可能還活著，因此人們還有機會問你。

我時常覺得自己也是小丑，我講笑話的同時，難免也會意識到，搞不好我就是笑話本身啊。

我們未必可以活得像個小丑，但是能笑的時候盡量笑，能哭的時候，也要用心哭，因為哭笑不得，是一種酷刑。

該笑就笑，該哭就哭，好證明你的臉部肌肉並沒有失去作用，你的顏面神經並沒有受損，而你的心跟你的臉，你的內裡跟你的外表，彼此還相連，我以為那可能就是活著。

因為，死人不會笑，也不會哭。

「最近的你，有好好地哭，或好好地笑嗎？無論是哭還是笑，希望你都好好的。我是盧建彰，希望你喜歡這個故事，喜歡你自己。」

花盆的故事

從前，從前，有一位漁夫，他在漁船上捕魚，捕來許多魚類，但這是要給一對夫婦的，因為這對夫婦對他有很大的恩情，這些魚類的價值很高，因此這對夫婦非常感恩，漁夫對他們說：「你們對我的恩情我會永遠記得的。」這對夫婦不知道要給他什麼好，就給他了一個花盆。

——盧願

「大家好，我是盧建彰，今天要分享一位漁夫和我說的故事。在他收到花盆很久很久以後……」

高樓大廈是人類獨特的發明，但若能長得像樹一般，說不定能節省建材，對環境的衝擊也會少一些。

他自顧自地認真分享，但偌大的空間裡，只有一雙眼睛看著他，而且他清楚知道，對方並看不到他，對方在發呆，一如過往。第一次下棋時他就知道了。

聲音呢？

回應他的說話聲的，在每一次他話語停頓時傳來的，是生命的聲響。

如果這裡是頒獎典禮就好了！

他心想著，覺得自己這冷笑話想得真好，要說出來嗎？

在頒獎典禮上，「呼聲」很高。

哈哈哈。

但在設備新穎、服務周全的高級養老院，你又能期盼什麼呢？當初那份介紹的DM，應該在特色說明上加上一句，「強壯有力的呼聲」。

還是要謝謝當年那對夫婦，雖然他曾經在接過那花盆時想：「給這什麼東西？怎麼不是聚寶盆？」但當他把雞蛋花種進花盆裡，擺到漁船上，奇妙的，他的心安定了許多，也不知道是雞蛋花舒服的香氣，還是白色間雜黃顏色的花瓣，讓他想起小時候沒錢，拿牛奶去冰箱凍出來的牛奶冰棒，白白黃黃的，尤其那個黃色的部分吃起來甜甜的，他很愛。

總之，那盆雞蛋花讓他那兩年賺了點小錢，上岸後娶妻生子，再離婚，唏哩呼嚕什麼都沒了，來到這養老院，只剩這盆雞蛋花陪著他。

不講了，這什麼爛團康時間。當他失語在台上靜默，也沒人發現。那對夫婦應該早就走了吧？真好。他想不起來，是那先生還是太太要給他花盆的，只記得被在乎的感覺。

「無論是花盆或聚寶盆，『被在乎』才是最大的寶物吧。我是盧建彰，今天的故事就說到這邊。」

弓藏鳥不盡的故事

「鳥盡弓藏」：飛鳥射盡之後，就收起弓箭不用。
例句：他做國王後，就把幫助他成功的人一一殺掉，鳥盡弓藏。

——盧願

「大家好，我是盧建彰，今天的故事是成語故事。願願和我說的。」

〇

這是願願今天的成語，我是看了有些感觸。

剛剛願願問我羊乳片有沒有營養，後來我們就一起去買了。只是沒有買到羊乳片，倒是找到了蠶豆。

在餐桌上你寫作業吃蠶豆，我寫東西吃蠶豆，再搭耶加雪菲水風鈴手沖咖啡，一邊聊著天很快樂。

我那天發現，當我們減少外界的事物，例如電視、手機、平板，我們很自然就會增加聊天的機會。

而我最在意的「心靈相通」，就較有機會發生。

願願你告訴我同學量體重的事，你們兩人像唱 rap 一樣，喊著「我過輕」、「我過重」，我想像那模樣十分可愛。

你講起同學玩得很開心，忘記吃午餐的趣事，還有體育課玩足壘球，你上壘外還跑回來得分，我聽得比我看過的任何一場大聯盟還專注、興奮。

我談起今天不小心碰到捕蠅紙，怎麼都洗不掉，現在手肘很黏，伏案寫作把桌子黏起來，躺到床上把床黏起來，可能會黏著你去上學，你聽了大聲尖叫說：「不行啦，這樣兩個人黏在一起，同學會嚇一跳。」

你問我，「鳥盡弓藏」這成語什麼意思？我沒回答，讓你自己去查。但我看到那例句皺了眉頭，「一一殺掉」？也太殘酷，但不提殘酷的問題，「一一殺掉」是不是應該接「兔死狗烹」比較合理呢？我納悶著，沒有答案。

但比起來，我可能傾向弓藏鳥不盡吧，把一些方便的工具適時地收起來，無聊是有趣之母，人們就願意聊天、關心彼此，在乎眼前真實活著的人。

那或許才是真正地活著吧。

弓藏鳥不盡，小鳥吱吱吱。

「今天的故事短短的，但我想了很久，分享給你。謝謝你停留一個故事的時間。」

小狗與石虎的故事

有一隻石虎，牠叫做「小白」。有一天晚上我夢見小白正在和一隻小狗玩，牠好像很開心呢！我覺得這隻小狗我好像有看過牠呢！

——盧願

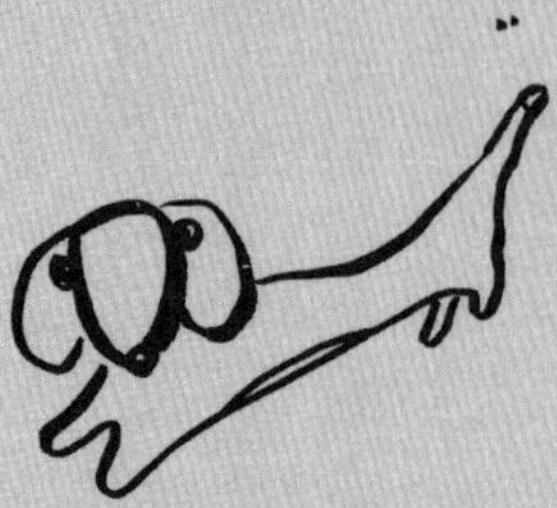

「大家好，我是盧建彰。今天要說有關於流浪狗與石虎的故事。你知道石虎嗎？你知道石虎和流浪狗有什麼關係嗎？」

○

從前從前，台灣有雲豹。

這句話的意思是，現在我們幾乎看不到雲豹了。

一般認為台灣雲豹已經絕種。就算過去，其實也沒有真實記載到台灣雲豹的照片；也沒有人真的看過。那過往是因為有科學家曾看到某一留下的文字記載，所以認為台灣當初是有雲豹的。

而且有人提出，台灣雲豹是特有種，因為牠的外形跟其他地方的雲豹不一樣。

只是，這幾年有不一樣的觀點跟看法。原來，當初記載看到台灣雲豹的文獻呢，發現的只有台灣雲豹的毛皮。毛皮上的尾巴比較短，所以認為牠跟其他地方的雲豹是不同的品種。

但這幾年有人提出另外一個看法，認為台灣雲豹應該跟其他地方的雲豹是相同的品種，文獻上記載比較短的尾巴，有可能是因為那是被剝下來的毛皮，中間有一些磨損斷裂，所以看起來比較短，並無法證明是不同的品種。

這是一個還在進行的故事，所以我們未必知道所謂的真相是什麼。但已知的真相是什麼呢？

那就是，雲豹已經絕種了。雲豹已經消失不見了。

台灣也有另外一種動物，非常地美麗，跟雲豹不相上下，叫做石虎。石虎的英文名字是 leopard cat，雲豹貓，可以想見牠的花紋毛色跟雲豹一樣美麗。

在我小的時候，並沒有聽說過石虎。當時，沒有太多關於環境、生態、台灣物種的討論。在過往的時代，比較在意的是經濟的起飛，集體選擇用環境換取經濟上甜美的果實。然而，時代已經不同了，我們在經濟上有長足的進步，於是就會更加在乎生活的地方，為了讓自己活得更好一些些，活得更自在愉快一點。或者說活得健康一點，活得比較跟環境有關聯，而不單只是剝削它、傷害它。台灣逐漸開始討論石虎等保育類動物的生存。

大家可能聽過，石虎的滅亡與「路殺」有關，可是很出乎意料，我最近讀到這或許和台灣流浪狗的問題有關。

因為一時的喜歡，甚至該說是一時的衝動（因為如果是一下子的喜歡，我覺得應該用衝動來形容恐怕比較貼切）而買了狗狗。比如說，當作女朋友的生日禮物，恐怖的是，那分手後呢？狗狗該怎麼辦呢？那可是生命耶。也有人，也許因為寂寞、想要有人作伴，而買了狗。雖然我覺得這是人之常情，可是你不能只是因為心理需求，就對一個生命冒然地做下決定。

有些人養狗，可能養了一、兩個月後發現，狗狗飼料是要花錢的哦，狗狗還要看醫生呢，狗狗是會叫的哦，狗狗會大便呢，哇還要帶牠去上廁所……好麻煩。天啊，這些事情應該都是要早點知道的吧？或者說，這不是想一下就知道的嗎？

這不需要什麼高深邏輯辯證，深刻探討存在價值、生命意義，更不是一個艱深的哲學命題。這是幾乎你有常識就知道的；不需要一些方程式，也不需要搜尋大量的資料，就曉得的。

必然會有的，不是問題；這不叫做問題，而是必然要做的事。

你享受一個生命帶來的樂趣，勢必也要去承擔相對應的責任。可怕的是，社會看似進步了，但是好像一些不進步的行為也正在發生：隨意地購買飼養，再隨意地丟棄。

「因為經濟因素，所以我必須要把狗給丟掉」、「因為狗狗要看醫生，我付不出那些醫藥費」、「因為狗狗的飼料需要錢」、「我寧可自己過得辛苦一點，我不想要狗跟我一起受苦」……這些是我在網路上看到有人把狗送出去時的說法，讀了非常令人難受，甚至令人不齒。

你明明是為了讓自己好過而把狗送出去，怎麼會說成不想讓狗跟你一起受苦？狗狗被送出去之後，唯一得利的就是你，而當初選擇要去養牠的也是你。我覺得這種不負責任的心態，其實更顯露了人的不成熟，或者對於環境的嚴重傷害。

有些狗因此成了流浪狗，過去在家裡可以吃飼料，被丟棄後為了生存，牠得自行找到食物。於是就衍生了一個或許我們從來沒有想過的狀況——很多時候，石虎不是被車撞死的「路殺」，是被流浪狗咬死的。

但難道要怪流浪狗嗎？我覺得真正該怪的是不負責任的人類。

這整件事令人感到荒謬，或者說一種奇幻的無力感。

有人說，一個不喜愛動物的人，或許相對來說比較不會想要去養狗，反而沒有造成問題；喜歡動物的人，或許沒有自己以為的那麼喜歡動物，養了狗之後，又把狗丟掉，狗被迫將石虎作為食物，因為牠得想辦法生存，牠得想辦法活下去，牠被迫找上比牠弱小的石虎。我不禁思考，請問那丟掉狗的人，他真的喜歡動物嗎？或者說，對於這個世界而言，會不會如果他不喜歡動物還好一些呢？

這也讓我聯想到許多我們生命裡的關係。

有些人，可以很輕易說出他愛誰，他的愛有多濃烈，這當然沒有對錯，那是一種選擇。但我們可不可以稍稍在談愛的時候，多思考關於「喜歡」與「心意」？可不可以多花一點點心意去思考？

你知道所謂「喜歡」，應該是一種心意吧。那你的「喜歡」，有沒有機會放入更多的心意呢？還是你只是迫切地透過「喜歡」得到某種快樂？

我必須說，迫切地、立即地、快速地獲得的快樂，很可能只是一時的快感。那也許不是真正的快樂，它充其量只稱得上是快感。快感沒有不好，但是急於獲得快感而缺乏思索，缺乏進一步地追問自己、探究心意，我覺得才是草率的地方，才會侮辱自己那份心意。

如果可以，好好珍惜自己的心意，好好地把自己的心意帶到這世界，會是我勉勵自己、希望可以試著盡量學習的地方。

你覺得呢？

當然，很多時候是不知者無罪，但「不知」跟「無知」應該還是有差距的。所謂的「不知」，是在窮盡可以使用的資源跟能力探究之後，依然無法在此刻參透生命裡許多的奧妙，但在那之前，並不意謂我們應該放棄去了解、去探索的心。我們可以用一點心的。

「石虎很可愛，狗狗很可愛。那，人類可愛嗎？噢，我希望自己可以可愛一點。希望你也是。我是盧建彰，我們下次見。」

夜鷺與松鼠的故事

〈說到做到愛地球〉

我們為什麼要愛地球呢？首先，想一想，如果我們沒有地球了會怎樣？我們就不會有新鮮的空氣、乾淨的水和可口的食物等，這樣我們就無法生存了。

所以我們一定要好好地愛護地球喔！那該怎麼做呢？可以做好垃圾分類、多搭乘大眾運輸工具、節約用水、節約用電和自備環保餐具、使用電子載具、在室內種植盆栽、不浪費食物、多吃蔬果少吃肉、不過度消費亂買東西、減少使用塑膠製品還有會汙染環境的清潔用品，以及愛護動物等等。

以上說的我們全家幾乎都有做到，只不過有一項就是多吃蔬果少吃肉，因為我們全家都喜歡吃肉，於是，媽媽就說：「不如，我們先從一個星期有一天吃素吧！」因此我和爸就異口同聲地說：「沒問題！」

——盧顧

「大家好，我是盧建彰，今天想跟大家聊一個故事，夜鷺與松鼠。」

我有一個朋友，他很在意環境。有一次他跟我說，說不定我們每次在講要愛地球，這件事情是一點也不環保的。我說什麼意思呢？

他說，人會愛自己、會愛錢、愛漂亮的事物、漂亮的人，但是人應該不會愛地球。因為他只會覺得他在使用地球，他住在地球，他在地球裡活著，他在意的是他活著可以做什麼。老實講，他沒有想過要愛地球，並沒有任何一點理由要愛地球。所以，當你去跟人們說「你要愛地球」，搞不好光這句話都是一種浪費，只是一種美麗的包裝，而這個包裝的方式——「愛地球」——並沒有辦法驅動人。因為人從來不需要愛地球，就可以享有他想要獲得的。於是，「愛地球」這概念，說不定是一種無效溝通，可能只是一個虛詞，從人們眼前飄過去的一陣風。甚至連一陣風都稱不上，因為風會讓人感到清涼，感到受用。

叫人家愛地球，搞不好對方毫無感受，只是噢噢噢地假裝聽到了，但毫無所感，甚至會主動忽略這詞，那麼從這角度看，要人愛地球，這可能會是另一種資源浪費。

這難免令人覺得很難受。

那我們應該怎麼談呢？真正的核心，其實是不希望我們所處的環境愈來愈糟糕，但這該怎麼說呢？

我曾經遇過一位醫生朋友，他說任何問題，只要是你的問題，你就會想要去解決它，你就會想要去面對它，你就會在意它，而那個問題才會成為問題。

否則，它只是在雜誌上，它只是在媒體上，它只是在某一則你看過去的網路新聞裡面的一些文字而已。

我這位朋友是醫生，我們聊起的是失智症。他在聊失智症這件事，舉了一個例子：當你家淹水的時候，你才會知道有淹水的問題，不然，「淹水」對你而言，只是擺在那裡的兩個字。

當每個人都得面對老年化社會必然會帶來的失智症，還有隨之而來的長期照顧問題，人們才會真的感受到有這件事，有這個問題必須處理。我覺得他說的滿有道理的。

大家知道嗎？松鼠不一定住在松樹上，也就是說，有松鼠的地方，那棵樹不一定就是松樹，別的樹也可以。那為什麼我們要說牠們是松鼠呢？喔喔，因為牠們吃松果嗎？但其實許多松鼠不一定有機會吃到松果，牠們吃種子果實，也會吃昆蟲，甚至有的還會吃雛鳥。

松鼠知道自己是松鼠嗎？我猜答案應該很明顯，牠應該不知道。松鼠覺得自己可愛嗎？松鼠肯定也不覺得自己可愛，但我們覺得牠可愛。

接著，我要來講一隻松鼠的故事。

有一隻松鼠，他住在樹上，但那棵樹不是松樹。那棵樹高高的，但對松鼠而言，他並不在意那是什麼樹，應該是台灣欒樹吧。松鼠不在意，他在意的是今天能不能找到足夠的果實，可以自己吃，也可以留下來。

某天，他爬下樹來到地面上，看到前面一隻動也不動的鳥，人類叫那隻鳥「夜鷺」。但松鼠覺得這句話也很奇怪，因為現在是白天，而夜鷺正站在他面前，現在並不是晚上啊。

他跟夜鷺說：「夜鷺夜鷺，現在是白天耶，你怎麼站在這？」

夜鷺說：「松鼠松鼠，你站的是地上耶，你並沒有站在松樹上啊，那你為什麼叫松鼠？」兩個說完，彼此笑了笑。

松鼠問夜鷺：「你今天有要做什麼嗎？」

「嗯，我正在想，松鼠你呢？」

松鼠說：「哦，我想要去找一些今天能吃的果實。還有，我也必須要儲存起來，因為我怕冬天來，果實會變少。」

這時候夜鷺說：「不過我覺得你可能不用那麼擔心，因為台灣現在是愈來愈熱了，冬天愈來愈短，連樹都搞不清楚狀況。我猜，說不定有一些果實到冬天都還是會有，因為現在冬天也很熱。」

松鼠說：「你講的很有道理耶，這會不會是氣候變遷底下，少數對我們松鼠比較好的事？」

夜鷺繼續說：「我不知道，可能對你來說是這樣，可是你知道嗎？因為氣候變遷的關係，我們要吃東西也變得有點奇怪了。」

「怎麼說呢？」松鼠好奇地問他。

「以前我是不會在這裡的，以前我們不想要來到這邊，因為有很多人會盯著我們看。但現在我們得來到這才有東西吃，雖然我也不知道為什麼，可是總之跟以前不太一樣。有時候不一樣很好；有時候不一樣，我們一下子也不知道好不好；有時候我們只是在想，可不可以今天好好的就好。」夜鷺說完，又一動也不動了。

松鼠懷疑對方是不是睡著了。但夜鷺眼睛是睜開的呀。

「嗯，」松鼠說，「我覺得很有道理，讓我想起一件往事。

「我曾經遇過一隻小螞蟻，他剛好站在我要搬的果實上。我想著，如果把果實搬回家，他就會跟著果實回到我們家，也會進到我們儲藏果實的地方，對他而言，他會不會以為自己發現了大寶藏？會不會覺得自己像《金銀島》故事裡面的人物一樣，發現了藏寶圖，然後找到了巨大的寶藏？

「當我這樣想的時候，小螞蟻爬下那顆果實。我就想，我不需要再跟他多說了。

「沒想到，小螞蟻跟我說話了：『松鼠啊松鼠，我覺得你真是一個貪心的傢伙，這顆果實我們可以吃很久，而你一個就帶回去了。如果給我帶回去，我們可以讓非常非常多的螞蟻吃飽，而你只能餵飽一隻松鼠，如果從數量來看，從對這果實比較有效的使用角度來看，它應該要給我們螞蟻，而不是給你。』

「我當下覺得很有道理，就問他：『你還要拿去嗎？』

「怎麼知道小螞蟻說：『不用了，我不需要。』

「我問他為什麼，小螞蟻說：『雖然很多東西浪費不好，很多東西我們希望有效率，但是回過頭來說，這會不會也只是一場夢呢？』

「『一隻螞蟻跟一隻松鼠都是一個生命，那十隻螞蟻跟十隻松鼠是十個生命嗎？我對這件事情也不是很確定，因為我可能等一下就死掉了，你可能還活著，那我就比你活得短，那我們的生命價值都一樣嗎？難道活得久就比較好嗎？就是比較好的物種嗎？如果說，物以稀為貴，那我活的時間比較短，難道不是我的生命比較珍貴嗎？……我想到後來會有點混亂。但可以確定的是，我現在突然不想吃這果實了，你要就給你吧。可能因為你看著我，就讓我覺得這果實沒什麼好吃，不值得一吃；也可能我突然想要施捨給你，那個比我不珍貴的。這大概也是一種任性吧。』

「我就回：『哇，你真是一位任性的螞蟻啊。』

「小螞蟻笑笑說：『你知道嗎？我覺得任何事都是有意義的，松鼠啊松鼠，你這輩子有任性過嗎？』

「我說：『沒有啊，我沒有任性過。』

「『那你怎麼知道任性的意思呢？』小螞蟻反問我，『如果你從來沒有任性過？你怎麼知道任性是怎樣呢？任性，不就是任著自己的個性嗎？那如果你從來沒有任性過，你怎麼知道所謂的「任性」，任著自己的個性，是怎麼回事呢？』

「我擺擺我毛茸茸的尾巴回他：『我真的不知道，但我覺得很有道理。我今天要不要來任性一下。』

「小螞蟻說：『可以啊，你要不要想想，你有什麼好任性的？』

「當時我想了一會兒，最後終於承認，不，自己沒有什麼好任性的。」

松鼠說到這裡，問夜鷺：「夜鷺夜鷺，那你有什麼好任性的嗎？」

夜鷺說：「我不知道任性是什麼意思，我只知道自由。」

松鼠接著問：「自由又是什麼呢？」

夜鷺說：「我理解的自由，不是去做任何你可以做的事，不是隨意去做你想做的事。我認為自由，是你可以不去做任何你不想做的事。」

松鼠一邊重複著夜鷺說的話，一邊思索：「不去做我不想做的事？你可以不去做任何你不想做的事。」

「對，我認為這才是自由，沒有人可以逼你去做你不想做的事，這才是自由。」夜鷺重複一遍。

松鼠眨眨圓滾滾的眼睛，很好奇地問：「我覺得你說的『自由』跟小螞蟻說的『任性』，好像是不一樣的意思。小螞蟻說『任性』，好像是你可以任著自己的個性，隨意去做你想做的事。但你說的『自由』是反過來的，是我們不需要去做任何我們不需要做的事，沒有人可以強迫我們。那如果從這角度講，說不定我是自由的，說不定地球也是自由的，說不定，我們應該追求的是自由，而不是任性。」

夜鷺說：「對啊，你看從剛剛到現在，我就是站著，我只是站著，我想要站著，我一動也不動，因為我不想動，雖然有人會說這樣很懶惰，但是當我不動的時候，會不會我也減少了對環境的傷害？或者說，搞不好我們應該想的事情是，可不可以有效地享受生命？

「所謂有效，不是必須要藉由消耗別人才會得到樂趣，而是自己就會得到樂趣。像我站在這裡看著草，就可以看一整天，我覺得這樣很舒服，好像也不用特別去做些什麼。」

松鼠甩甩尾巴：「哦，搞不好這件事情也可以跟一些人類說呢，很多人類必須要不斷地、不斷地買東西消費，好證明自己活著，好確切知道自己比別人優秀，以為任性才叫厲害。但是如果可以什麼都不做，就覺得自己是愉快是舒服的，用人類講的投資報酬率來說，是不是會更高呢？也就是說，他所要投入的成本更少，但他得到的樂趣更多。而所謂投入的成本，其實有可能是用他去傷害或者破壞這個環境帶來的呢。

「我上次在這樹上聽到底下有個小男孩跟姊姊聊天，小男孩問：『姊姊、姊姊，你有沒有發現，好像只有人類會抓超出他要吃的分量的動植物，其他的動物是一次只抓現在要吃的；然後，好像也只有人類會把食物剩下來；也只有人類會因為好玩，然後去弄別人，去弄別的生物。』

「姊姊說：『對啊，你這樣講好像是真的，人類好變態。』」

松鼠繼續說：「對耶，我以前沒有想過，好像只有人類才會這樣，只有人類才會除了讓肚子飽以外，還會想要更多，想要讓其他生物被他們控制，被他們管理，甚至被他們玩弄。你看，只有他們會因為好玩，然後欺負昆蟲，欺負小動物。」

夜鷺說：「這件事情我非常有感覺，每次只要我站在那裡，馬上就會有小朋友過來，馬上就會有人想要抓我，我也不知道這是為什麼，他們抓了我應該也無法吃吧，每次我都被嚇得只好飛起來，只好逃走。」

松鼠說：「嗯，這搞不好也是他們人類很特別的地方吧，有時候我也會想，人類真的跟我們動物一樣嗎？說不定，他們跟我們就是完全不一樣——我們根本不可能，也無法用我們的想法去想像他們，然後要勸他們什麼事情，也不是那麼有用，搞不好得要他們覺得自己是有問題的，得要他們感受到自己有問題了，才會改變吧。」

夜鷺說：「對呀，你看哦，有一次我在那裡飛呀飛，就有小孩拿石頭丟我，我當下嚇了一跳，他丟我是為了什麼？我又不好吃，我也沒什麼肉，丟中了又能怎樣呢？丟中了唯一改變的，就是我不能飛了，他也不會因為丟中我，他就會飛，那到底為什麼要丟我呢？我一邊想一邊閃躲那顆飛過來的石頭，心中就想到，哎呀，太可惜了，要是我今天有一肚子大便，我就可以大出來，就可以大在他頭上，但沒有，我那天還沒吃東西，我肚子很餓，我沒有大便。有時候我想如果有機會，我們所有的動物聯合起來，把大便往他們的頭上砸，那他們會不會改變？」

松鼠說：「我覺得不會，因為我聽說，他們對於大便這件事情跟我們想法不太一樣。」

「怎麼說呢？」夜鷺好奇地問。

「曾經有一隻狗和我說，某個人類踩到他的大便，馬上就去買彩券。這樣說起來，可能大便對他們來說是很棒的事情，所以如果你在人類頭上大便，搞不好他們會很開心呢。」

夜鷺說：「哇，幸好你告訴我這件事，不然我在他頭上大便，不就成了親痛仇快嗎？」

松鼠說：「對呀，好了好了，不跟你說了，我今天還要去找我要的果實呢。夜鷺夜鷺，你就慢慢在這裡站著，我下次再來跟你聊天。我覺得跟你聊天，雖然不會讓我知道更多事情，但是會讓我知道，就算知道更多事情，我還是應該要去找我需要的果實。」

夜鷺說：「嗯，沒錯，我就把你說的話當成是一種讚美好了。」

松鼠說：「嗯，你可以這樣想很不錯。」

「好，這就是今天夜鷺跟松鼠的故事。希望你會喜歡。我們下次見。」

小松鼠與小兔子的故事

在神祕的森林裡，有一隻可愛的松鼠，牠很溫柔，也很親切，因此大家都很喜歡牠。有一天，有一隻小兔子不小心跌倒了，松鼠看到了，就立刻扶起小兔子，牠幫助人的故事真的說不完。

——盧願

「大家好，我是盧建彰。從前從前，有一隻小松鼠，他非常地可愛。今天要來說說他和小兔子之間的故事。」

◌

有一次，他看到一隻小兔子跌倒了，就去把對方扶起來，後來大家都說「小松鼠好棒，小松鼠願意幫助別人」。

小松鼠覺得很快樂、很開心，因此他就開始更認真做許多他覺得會開心的事情。他開始去挖很多的陷阱，用他強壯的牙齒把樹枝咬下來，用他可愛的小手抓著樹枝，在地上挖洞。挖好洞之後呢，他試著跳進去，哦~超過他的身高了，他覺得很棒，他從洞裡爬出來，用牙齒把樹枝一根一根地咬下來，一根一根一根排好，然後再反向九十度，一根一根一根地排好。於是，線成了面，他就鋪好了，用樹枝鋪成了一個平面，蓋在這個洞口上。

接著，他從樹上咬下一片一片一片一片的葉子，然後仔細把它們一片一片一片地，堆在這個用樹枝鋪好的平面上，看起來，就像森林裡其他的地方一樣。

這個地方被樹葉堆滿了，沒有人知道下面是一個洞。

他希望他可以做更多的好事，所以需要有可以幫忙的對象，也就是跌倒的人。

那要找誰來呢？

他想到了小兔子。

那一次，他扶小兔子起來，小兔子非常感激小松鼠。小松鼠便再次去找小兔子，說：「要不要再到森林裡走走啊？我們最近都沒有一起散步呢！」

小兔子說：「好啊。」

小兔子一跳一跳一跳地，跟著小松鼠一起走。

小松鼠說：「你知道嗎？這片森林裡有很多好吃的東西哦！」

小兔子說：「真的嗎？是什麼好吃的呢？」

小松鼠說：「哦，我跟你說啊，在這片森林裡面，有很多好吃的果實，如果你跟我來，一定可以吃到呢！」

小兔子非常開心，跟著一起跳進去，咚咚咚，到了森林裡。

小松鼠突然想到，糟糕，他忘記在陷阱上做記號了，他忘記那個陷阱在什麼地方了，他忘記做了幾個陷阱。因為那一天太開心，挖了一個洞，又一個洞，再一個洞，因為他覺得自己好聰明，覺得自己好棒，所以他享受那個創作的過程，他挖了好多洞，他挖了好多陷阱，鋪上了樹枝，再鋪上了樹葉。

怎麼辦呢？

這樹林裡到底有幾個洞？

自己會不會不小心就掉進去呢？

到底該如何是好？

這時候他突發奇想，想到一個法子。

他跟小兔子說：「哎哎哎，你走前面好嗎？」

小兔子說：「好啊，但是你跟我說，有很多好吃的果實，我不知道這些果實在哪裡，如果我走前面的話，我會不會走錯路啊？」

小松鼠說：「嗯，不會啦，你比我聰明，你一定可以找到的。」

小兔子說：「謝謝你說我很聰明，但是我的問題是，雖然你說我聰明，但是為什麼你想要我走前面呢？是不是地上有洞，你希望我掉進去？」

小松鼠說：「哎呀，你怎麼這樣說呢？我怎麼可能那麼壞呢？」

小兔子說：「可是上次我掉進洞裡，是你把我扶起來的，我想，會不會像你這麼聰明又好心的小松鼠，會愛上把別人從洞裡扶起來的那種樂趣？因為大家都說你好棒、好棒，都說你真是一隻好松鼠，大家都說你是這片森林裡面的『好人好事代表』。我在想，會不會你想要再次擁有這種快樂的感覺？所以你就挖了很多洞，讓別人掉進去之後，再把他扶起來，大家就會說：『哇哦～松鼠又做了好多好棒的事情！』你會不會這樣做呢？」

小松鼠說：「不會啦，就像我剛說的，你比較聰明啊，我沒有你那麼聰明，我怎麼可能想到這種事呢？」

小兔子說：「哦，有道理，我比較聰明，所以我會想到這些；而你沒有我聰明，所以你不會想到這些。」

小兔子想一想，覺得松鼠說的非常有道理，心裡擔心的事情好像可以放下來，所以小兔子就往森林裡的深處，咚咚咚，跳進去了。

咚咚兩聲，哎，小兔子的動作太快，小松鼠沒有跟上，一下子在森林失去了小兔子的身影。

小松鼠在後面喊：「你等等我啊，你跑這麼快，我跟不上你了！」

遠遠地，就聽到小兔子的聲音說：「那你趕快來呀！」

小松鼠說：「可是，可是，我不知道你往哪裡跑啊！」

這時候小松鼠才想到，剛剛想要讓小兔子走在前頭，是因為這樣他就可以看到小兔子掉到洞裡，他看到了就不會掉下去，就可以過去幫小兔子脫離那個洞，大家就會說他是一隻好心的松鼠。可是，現在小兔子往前跑了，他沒有跟上小兔子，自己走的話，會不會掉到洞裡頭去呢？這可怎麼辦才好？

於是，他待在原地大喊著：「小兔子，小兔子，你在哪裡呀？」

這時候，小兔子遠遠地發出了聲音：「啊啊～」

小松鼠說：「怎麼了？怎麼了？你掉到洞裡了嗎？」

「啊啊啊～」小兔子沒有回答。

「到底怎麼回事啊？你在哪？你跟我說，讓我來幫助你！」小松鼠著急地說。

「啊啊啊～」又傳來小兔子的聲音。

小松鼠說：「你別鬧了，其實我很害怕這種聲音，這種叫法感覺森林好像變成了鬼屋，這……這，這麼大的鬼屋，可能是世界上最大的鬼屋吧。小兔子你到底在哪呢？」

小兔子沒有再發出聲音了。

小松鼠喊了幾聲，都沒有聽到小兔子的回音，覺得很奇怪，哦，到底，到底小兔子去哪了呢？他想一想，覺得往前走有點危險，而且小兔子也沒有再發出聲音了，他也不曉得要去哪裡找。小松鼠想一想，天也要黑了，乾脆回家睡覺好了，也許天亮之後再出來找小兔子。

小松鼠轉身，走呀走，走回自己的家去。

第二天，他發現森林外面來了很多很多的兔子。

小松鼠心裡想，糟糕，一定是小兔子沒有回家，他的家人很害怕、很緊張，以為小兔子失蹤了，就通知了所有家族的成員。糟糕，大家會不會曉得是他帶小兔子走，害小兔子失蹤的呢？

他很擔心，所以躲在樹上偷偷往下看。兔子們聚集在森林外面，彼此交頭接耳。

小松鼠很想仔細聽，可是因為樹太高了，兔子們在地上講話的聲音沒有傳上來，所以他怎麼樣都聽不到，都聽不清楚。

他想一想，繼續躲著也不是辦法，他從樹幹上緩緩地往下爬，假裝在樹枝上找尋著果實。這時候，隱隱約約地，他聽到兔子們說話的聲音。

「真的嗎？真的嗎？真的有這件事嗎？」一隻年輕的兔子這樣說。

另外一隻看起來比較年長的兔子就說：「真的啊，我聽說那是真的呢！」

這時候，一位中年的兔子說：「如果你說的是真的，那真的是太特別了。」

小松鼠聽了兩三次，愈聽愈覺得奇怪，這群兔子到底在討論些什麼呢？所以他繼續往下爬，離地面更近了一些，他想要更仔細地聽兔子們在說什麼，而他手上還拿著剛剛從樹上摘下來的果實。

那老兔子又說：「真的啦，真的啦！」

另外一隻兔子應和：「真的哦？真的哦？」

小松鼠想，這幾隻兔子是不是搞不清楚他們自己在說什麼？或者他們的語彙太匱乏，只會講「真的真的」？他真的聽不懂到底他們在說些什麼。於是，他又再往下爬一點。

「哦，是真的嗎？」兔子們交頭接耳。

「啊，應該是真的吧，你看，不是嗎？」

另外一隻兔子就說：「是是是。」

小松鼠愈聽心裡頭愈毛，難道他們都已經知道了？他們都知道是他把小兔子帶到森林裡，害小兔子失蹤了？他有點害怕對方兔子「人多勢眾」，他勢單力薄只有松鼠一隻，會不會被欺負呢？

他害怕對方上門興師問罪，想著是不是要往上走，躲到樹枝的更上方。沒想到，這時候聽見那隻比較年長的兔子說：「你們看，真的。」

另外一隻兔子也說：「真的耶！我看見了，是真的呢。」

小松鼠愈聽愈覺得糟糕，這一群兔子，要麼語言能力有問題，要麼就是在策畫奇怪的事。

小松鼠想一想，好像應該好好躲著才是，這時，聽到那老兔子唱：「小松鼠啊，小松鼠，小松鼠小松鼠，小小的松鼠～」

小松鼠聽到老兔子正在唱他的名字，難道他們剛剛就發現他了嗎?!

這時候，其他的兔子也跟著老兔子一起唱起歌來：「小松鼠，小小小，小松鼠小松鼠，小松鼠，一起小，小松鼠，真正小～」

小松鼠心想，這群兔子不只語言能力有問題，連唱歌也很怪，他們明明是兔子，可是唱的卻是〈松鼠歌〉，會不會……會不會在他們心中，小松鼠是應該害怕的對象呢？

因為小松鼠把小兔子帶走了，這群兔子應該很害怕、很擔心吧，小松鼠想，所以他們怕我，我出現的話，他們應該不敢對我怎麼樣，他們甚至唱歌來頌揚我，覺得我很厲害。小松鼠一邊爬一邊想，那我就來成為這些兔子心目中的神吧。他一邊往下爬，一邊也唱起歌：「小松鼠，小小小，小松鼠，笑咪咪，小松鼠，有夠小，小松鼠，真正笑～」

兔子們聽到松鼠從樹枝裡頭開始唱這首歌，開心地合唱：「小松鼠，真真小，小松鼠，好好笑，小松鼠，有夠小，小松鼠，在面前～」

隨著歌聲結束，小松鼠終於從高高的樹上下到了地面，來到兔子面前。兔子們開心圍著小松鼠轉圈圈跳舞，小松鼠坐在中間，非常得意地接受所有人的膜拜，而且歌聲繼續著。

老兔子牽著中兔子，中兔子牽著小小兔子，大家手牽手圍繞著小松鼠跳舞，唱著〈松鼠歌〉。小松鼠非常得意，閉上他圓圓的眼睛，享受人生的高峰。

昨天是好人好事代表，今天成為兔子群膜拜的對象，他感受到作為一個偶像的快樂，他也感受到一種美好的心情，他希望這個時刻永遠持續下去。就在這時候，他突然想到——

不對啊，這一切都是因為他挖了一些洞，那，如今這個森林裡頭都是洞，雖然他已經成為兔子群中的神明，成為兔子群中膜拜的對象，但是他再也不能在這片森林裡走來走去了，因為到處都是洞。想到這，不知為何，突然悲從中來，贏得了全世界，卻失去了森林，小松鼠感覺到有點難受，於是他圓滾滾的眼睛流出了一滴眼淚。

老兔子發現他的眼淚，問他：「小松鼠，你怎麼了？」

小松鼠說：「哎呀，有些事我說了你們也不會懂，我希望你們好好思考，不要再做言語匱乏的人了。」

老兔子說：「但我們不是人啊，我們是兔子，言語匱乏有什麼關係呢？我們不像小松鼠，小松鼠你這麼聰明，這麼了不起，這麼地棒，這麼地適合我們唱歌給你聽。」

小松鼠說：「好吧好吧，謝謝你們。」繼續接受兔子們的歌聲和膜拜。

所謂危機就是轉機，小松鼠想，如果兔子這麼愚笨，作為松鼠的他因為昨天挖了一些洞，讓小兔子掉了進去，而成為了兔子間的偶像，那如果再去多挖一些洞，讓更多兔子掉進去，是不是就有更多兔子怕他？把他當成偶像膜拜，更加尊敬他呢？

於是，他說：「好了，兔子們借過，我今天有重要事要做，你們明天再來，明天再來對我唱〈松鼠歌〉。」

兔子長老說：「好的好的，謝謝小松鼠，謝謝您，今天願意讓我們圍著您唱歌，謝謝您，您大人有大量，您還有偉大的事業要去衝刺，要去前進，我們就不打擾了，您慢走，讓我們恭送松鼠……」

所有的兔子一起鞠躬，喊：「恭送松鼠，恭送松鼠，恭送松鼠……」

連續三四聲的「恭送松鼠」，綿延不絕，直到天邊，聽在小松鼠的耳朵裡，覺得這一群兔子腦子真是有問題啊，竟然不曉得自己族群裡頭的小兔子已經受騙了，掉進了洞裡，現在還圍著他。連小松鼠要離開他們，都還喊得好像很有一回事，那一聲聲「恭送松鼠」，聽起來是如此莊嚴尊敬，讓他感到十分痛快，光榮感油然而生。同時他也覺得兔子真是愚笨的東西，語言如此匱乏，竟然把一個「恭送松鼠」念得好像四部合唱，慈光普照，真是一群愚蠢的兔子。

小松鼠笑了笑，轉身，走進森林裡，自我勉勵，好，今天就要來多挖一些洞，生命需要努力經營，高位需要高度地投入，我要讓兔子們更尊敬我。

於是，他拔下了樹枝，用樹枝在地上挖洞，挖出了一個又一個跟他的身高一樣深的洞，再用樹枝鋪上，再鋪上樹葉，完成一個一個再一個的洞。他從早到晚努力地工作著，一個洞，一個洞，又一個洞地完成。

小松鼠心滿意足，全身疲憊，但是想到自己成為人中之龍，兔中之松鼠，就感到無比得意，這就是人生的最高峰嗎？

小松鼠一邊想著，一邊舒服地閉上眼睛，躺在高高的樹上，愉快地睡著了。

這時，森林外面那群兔子正聚在一起喝酒唱歌，他們開心地聊著。

咦，是小兔子！

本來大家以為失蹤的小兔子，竟然在這一群兔子中！

他喝著一瓶來自澳洲的夏多內白酒，一邊跟長老聊天。

長老就是那位老兔子。老兔子說：「白酒的話，我比較喜歡白蘇維翁，夏多內好像沒有那麼好喝。」

小兔子說：「別擔心，長老，我們明天開始就可以買各種我們想要喝的酒了。」

長老兔子說：「對呀，這都要謝謝你，沒想到你只是跌到洞裡，就帶來這麼多美好的事情啊！」

小兔子說：「快別這樣說，我只是盡我作為兔子的微薄之力，完成我該做的事。你看那位小松鼠，為了想讓我再跌進洞裡，再挖了更多洞，一個洞又一個洞。正所謂『狡兔三窟』，兔子洞是最棒的了，他幫我們挖了一個洞又一個洞，就是在幫我們蓋豪宅啊。明天開始，我們就有更多豪宅可以出售，可以賣給更多更多的兔子，而這一切得來全不費工夫，真是謝謝小松鼠啊！」

說畢，小兔子站起身，一手拿著酒瓶，一邊大喊：「來！讓我們一起大唱〈松鼠歌〉好嗎?!」

在皎潔的月光下，這群兔子開心圍著圈，他們用手上吃剩的紅蘿蔔頭，堆起了一個可愛的松鼠造型，他們圍著那小松鼠，那個假的小松鼠神，在月光下唱著〈松鼠歌〉：「小松鼠，小小小，真好笑，好好笑，大家笑，一起笑～」

他們的歌聲非常嘹亮，遠遠地傳到了樹枝的上頭，小松鼠在睡夢中隱隱聽到兔子們膜拜他的歌聲，他心滿意足，臉上露出一抹神祕的微笑，墜進他的夢中。

「這就是小松鼠與小兔子的故事。希望你享受這個故事，我們下回一起唱唱〈松鼠歌〉。拜拜！」

兔子父女的故事

有一天，有一隻小兔子，很不乖，老是把花園弄得亂七八糟，媽媽覺得很生氣，但是他的爸爸覺得很好笑，還跳進去和他一起玩，媽媽更生氣了，大樹也開心地一直笑，媽媽不小心也笑出來了！哈哈。

——盧願

「大家好，我是盧願！」

「我是盧建彰。今天要來說什麼故事呢？」

「說說兔子爸爸和兔子小孩吧！他們很瘋的故事。」

「好呀，你先說，起個頭。」

○

從前從前，有一隻小兔子在花園裡頭玩，玩得亂七八糟，把很多花都踩壞了。她媽媽非常生氣，因為媽媽昨天才把差點要枯萎的花搶救回來，所以媽媽就一直罵她、一直罵她。但是小兔子的爸爸覺得這樣很好笑，爸爸也趁媽媽在罵小兔子的時候，一直亂玩那些花，兔子媽媽看了非常生氣，這個爸爸怎麼這樣子呢！

媽媽就說：「天哪！你們兩個，現在給我出去，讓我靜一靜！」

他們就跑出去玩了，不但弄倒了鄰居的花，還在那邊亂吐舌頭給人家看。

那鄰居說什麼呢？鄰居說：「天哪！這媽媽怎麼沒有管好她的孩子和爸爸，哎，天哪！」

於是他們就跑走，逃到一個只有他倆知道的祕密基地。

但是鄰居的爺爺卻說：「哎呀，太好了，我今天本來要除草的，幸好有這兩個奇怪的人幫忙，兩隻兔子跳啊跳的，草好像變少了。那兔子爸爸還一直吃草，太好了，也不用除草機啦，真是應該要好好謝謝他們，請他們喝個飲料。」爺爺探頭，來回張望：「嗯？可是，奇怪，他們跑去哪裡了呢？怎麼不見啦？」

於是，爺爺決定跑去找他們，但因為他倆的祕密基地實在太祕密了，沒有人找得到，爺爺心想：「他們會不會躲起來，怕我發現，覺得我會罵他們呢？哎呀，怎麼辦，怎麼辦？」

這時候，爺爺看到，遠遠的，好像有一個身影往他走過來，慢慢靠近。

爺爺仔細看，哦，是一隻雞。那一隻雞，一直走過來，一直走過來，一直走過來，爺爺躲到樹後面偷偷看，這隻雞好像長得不太一樣。怎麼說呢？

仔細看，這隻雞有羽毛，有腳也有翅膀，但是最特別的是他的眼睛——他的眼睛怎麼了呢？

他的眼睛瞇瞇的。

爺爺想，這隻雞真是與眾不同啊，他的眼睛瞇瞇的，又是一隻雞，難道……他難道，他難道，他不是一隻雞？爺爺又想了一下，剛剛聽到那兔子爸爸走的時候，遠遠的，好像有聽到他要帶孩子去「祕密基地」，那，這隻雞眼睛瞇瞇的，難道他就是祕密雞？

那，這個地方不就是「祕密雞地」嗎?!

爺爺跑去問這隻神祕的雞：「你知道那兩隻兔子的祕密基地在哪裡嗎？」

雞開口，說：「我—差—點—被—他—們—殺—了—」

「怎麼說呢？」爺爺不解。

雞歇斯底里了起來：「他們剛剛在那邊耍玩具刀，我走過去要買菜，結果他們差點甩到我，oh my gosh！天哪！你不要再問他們兩個的事了，我現在害怕死了，我要逃走去買菜了！」

爺爺聽了心想，這個祕密雞應該很忙吧，都什麼時候了還要買菜？幸好自己的花園裡就有種菜，不用每天去買。

爺爺被雞弄糊塗，忘記他本來要做什麼，轉身準備回家。

這時，爺爺遇到了那兩隻兔子，在路邊拿紙板做的刀甩來甩去，爺爺非常害怕，但是又非常開心遇到他們，這種複雜的心情實在不知道該怎麼辦。

在爺爺思考之際，沒想到，他倆就甩著刀走了。

此時，爺爺突然看到地上有一個亮亮的東西：「哦，是錢吧？」

爺爺從小就很喜歡撿錢，他撿錢已經撿了幾十年。他低頭彎下腰去——咔一聲——爺爺心想：「慘了，這個聲音不就是腰扭到的聲音嗎？糟糕，彎不下腰撿亮亮的東西了……」爺爺又難過，腰又痛，哭著想要回家，但他的腰非常痛，怎麼走也回不到家。

「糟糕，該怎麼辦呢？」爺爺想呀想，「既然彎不下去，也站不起來，不然躺著好了。」但是爺爺發現，他連躺都躺不下去，他整個人僵硬了，完全動不了。一直保持著彎腰姿勢的爺爺，這才發現那個亮亮的東西原來不是錢啊，而是剛剛跑去買菜的雞留下來的。

爺爺想要看個仔細，但是因為他老花了，完全看不清楚，只看到一個圓圓亮亮的東西。

哦，圓圓又亮亮的東西，到底會是什麼呢？

過了一會兒，爺爺的身體沒有那麼僵硬了，他把圓圓亮亮的東西撿起來，仔細看，發現上面有寫字，寫什麼字呢？

上面是那隻雞寫給爺爺的字。

爺爺突然回憶起來：「五歲的時候，我就遇過雞了！一樣撿到一個圓圓亮亮的東西，一樣在這條路上。」哇！這是一個橫跨幾十年的故事啊。原來，當年五歲的爺爺覺得這個圓圓亮亮的東西很有趣，想要留給下一個人看，所以沒有撿走，幾十年後，爺爺又撿到同樣的東西了。「哎呀，這到底是什麼呢？」他打開來看，發現，裡面是雞寫的字：「你好，你記得你五歲的時候嗎？」

爺爺回想，原來是那件事。

他繼續看，雞寫著：「你五歲的時候，撿起了另外一封我給你的信，但是又放回去，你為什麼不拿起來呢？害我生你的氣很久。」

爺爺著急心想：「怎麼辦，我讓他生氣了，而且他生氣了五、六十年，糟糕、糟糕，怎麼辦？」爺爺猛然想起自己以前聽過一個傳言，雞生起氣來非常可怕……爺爺想到這個傳言就非常害怕，急得快哭出來了，爺爺心想，一定要趕快找到雞，好好跟他道歉。

那要怎麼道歉，雞才會消氣呢？爺爺想啊想，想啊想，想到覺得腦筋都要破掉了，他想到一個主意：「我知道了，只要再拿一顆蛋還給雞就好了。」

一顆蛋？不知道是不是受那傳言的影響，爺爺誤以為雞喜歡蛋，只要拿個蛋給雞賠罪就好了。

「但，我是兔子，要怎麼生蛋給他呀？兔子沒有蛋啊。」爺爺想了想：「沒關係，反正我們鄰居家就有一隻雞，我可以偷他的蛋。」

為了讓雞消氣，消除這幾十年對他的怒氣，為了讓他們的友情復活，爺爺很認真很努力地告訴所有的村民說：「讓我們一起復活吧，請大家一起來找蛋～」

這時候，爺爺看到兩個身影遠遠地、咚咚咚地跑過來。「這不是一開始我想要去道謝的那兩隻兔子嗎？」他想到了一個好主意：「哎呀，剛剛真是太謝謝你們在我的花園裡跳來跳去了，間接幫我除草，我現在有個麻煩，可以請你們幫忙嗎？」

兔子爸爸一口答應：「可以呀！」爺爺趕緊說：「可以幫我找蛋嗎？我要還給我的朋友雞。」

——這就是復活節跟兔子一起找蛋的由來。

兔子爸爸和兔子小孩互相交換了眼神：「哎，你記得嗎？剛剛有隻雞啊，玩刀的時候差點甩到的那隻雞，雞不是就有蛋嗎？」

爺爺搞不清楚兔子爸爸的意思。兔子爸爸站起來輕聲細語地說：「爺爺，你現在趕快去偷雞的蛋，再拿去還他，事情就解決了……」兔子小孩點頭附和。其實，這兩隻兔子是想吃雞的蛋，他們利用爺爺來偷蛋給他們吃。

但，爺爺不知道兔子父女打的如意算盤，就去雞那裡偷蛋。

雞回到家，看到了爺爺正在偷他的蛋，非常生氣，不過因為爺爺老花眼，只看到一個站得直直的身影。而且雖然雞的眼神有點生氣，但因為他的眼睛瞇瞇的、小小的，爺爺也看不出來。

雞大喊一聲：「爺爺！別偷我的蛋！」

眼睛不好的爺爺說：「哎，我好像聽到有風在吹的聲音，最近我的聽力愈來愈不好了，因為變老了，好像只有很近的聲音才聽得見，遠一點的聲音聽起來都像風在吹。

咻咻，風吹真舒服啊。」

因為風吹得好舒服，爺爺忘記本來要做什麼了，他覺得心情很高興，跳起跳繩來。

兔子爸爸還有兔子小孩發現爺爺竟然在跳繩，沒有把蛋偷來，他們非常生氣：「這個爺爺，真是的！」

爺爺沉浸在跳繩的快樂之中，沒有發現兔子父女在對他不高興：「哦，好像又有一陣風吹過，真是舒服啊～」

兔子小孩聽到了爺爺陶醉的聲音，非常聰明地說：「我記得以前遇過一位老先生，他曾經和我說，當年紀很大的時候，遠遠的聲音聽起來都像耳邊風，會不會爺爺根本沒聽到我們說什麼呀？」

「很有可能呢！」兔子爸爸說：「那算了，我們還是繼續玩我們的東西吧，其實我也不是真的要吃蛋，只想要拿起來，丟一丟，甩一甩，接一接，玩一玩。這個不玩也沒有關係，我們自己可以繼續玩，走吧，我們繼續跳走吧～」兔子小孩附和：「好啊，走走走。」兔子父女就一路跳走了。

爺爺還待在原地，感覺遠方的風吹呀吹，耳邊風真是舒服，就像小時候媽媽罵他的話，他都當作耳邊風一樣。

而遠方那兩隻繼續往夕陽跳走的兔子，也把媽媽的話當作耳邊風，繼續吹呀吹，享受那和煦的風帶來的舒服。

這個故事告訴我們什麼呢？

告訴我們，其實，有時候不要為了一句話太緊張，就一直一直想，一直想，要怎麼辦、要怎麼辦？其實可以把會讓我們緊張的話，當作耳邊風就好。

風吹呀吹，真是舒服呢。

還有，各位知道嗎？

那蛋也不是雞的蛋，因為他是公雞呢。

那是他在附近撿了一顆石頭，畫上圖案，假裝是自己的蛋，放在花園裡裝飾。當他看到兔爺爺想要拿走，猛然想起小時候他曾經遇過一隻兔子。

那隻兔子說：「我在地上撿到一個圓圓亮亮的東西，我覺得很漂亮，送給你好嗎？」

雞就把它放在花園裡，他覺得真是美麗。從此之後，他都把圓圓的像蛋一樣的東西，塗成亮亮的白色，放在花園裡。而當年送他這個禮物的，就是兔爺爺啊。

他們經過五十年又重逢了，雖然沒有認出彼此，但誰知道呢？他們美好的友誼，就在這個圓圓的像蛋一樣的石頭裡，繼續發芽成長，成為我們剛剛聽到的美好故事。

所以大家要記得，耳邊風很重要，蛋很重要，石頭更重要。最重要的事情是，要快樂地、愉快地接受別人丟給你的石頭，哦不，你以為是石頭，說不定是彩蛋呢。

生命裡的彩蛋，得要靠自己去定義哦。

「好的，今天大家學到很多了吧，我覺得今天的故事真是豐富啊。那我們下次再回來一起說故事吧。我是盧建彰。」

「我是願願。」

「我們下次再見囉。拜拜。」

「拜拜。」

名字的故事

〈ㄊㄚ〉

世界上有無數的ㄊㄚ，我們每天從早到晚都會遇到各式各樣的ㄊㄚ。

她喜歡下雨，下雨時，她總是站在窗口，看著窗外的雨景，路人每個都很忙碌，每個都在迎接新的一天，她心想：「我也要好好地迎接新的開始！」滴滴答答的雨聲，讓她想起快樂的回憶，她就是我的妹妹。

她喜歡唱歌，她唱歌時，總是會先唱出像小鳥一樣的歌聲，再唱出像小貓一樣溫柔的歌聲，接著，她會唱出她自己美麗的歌聲，她的心情是：快樂、興奮，她是我的姊姊。

她喜歡看棒球，每天晚上，先打開電視，一邊尖叫一邊說「得分了！」的人就是她，每天晚上最先說「來看棒球吧！」的人就是她，她讓我的每個晚上，都能有著快樂的心情，她是我的媽媽。

她們都有各種喜好，她們讓我的生活更有趣。因為有了她讓我不再無所事事；因為有了她讓我有更多朋友，也讓我們的生活變開心又快樂，有她真好！

——盧頎

「大家好，我是盧願，今天想跟大家分享一個狗與狗的故事。」

○

有一天，有兩隻小狗，一隻狗叫做「他」，一隻狗叫做「你」。

因為他們爸爸媽媽是好朋友，他們才取這樣的名字。

在很久以前的某一天，他們的爸爸媽媽討論起小孩要叫什麼名字呢？

他們兩家想到了好方法，說，我們每天都說「他」、「你」，不然，小孩的名字就叫「他」跟「你」吧。

這樣感覺很特別，大家都會記住他們的名字，反正對話裡頭總是會說你或者他啊。

後來，兩個小孩出生了，他們就說：來，你叫「他」，你叫「你」。

這時，其中一個爸爸才想到：「哎呀這樣不好呀，因為我們這樣子，他們兩個以後說話的時候就會很難分清楚啊。」

但是，他們已經向動物護士報告，登記好孩子的名字了，沒辦法修改。動物護士說：「是不可能換名字的，因為連取名字要登記都很難了，還要換名字?!要換名字的話，要去很遠很遠的東邊，那裡有座小城，有可以換名字的地方，但是，要去那邊一趟，恐怕要走上三十幾年，我怕你們都死了，哈哈哈！」

這時兩家問，還有其他方法嗎？

動物護士想了很久：「嗯，看來你們只能去近一點的地方換名字了，但是去那裡也要花上二十九年的時間啊，哈哈哈！」

兩家人聽完面面相覷，不知道如何是好。

「所以看來是沒有方法了，無論是去哪裡換名字，聽起來都差不多遠，你們要不要就乾脆維持現在的名字呢？」

於是，他們說：「好吧，我們就不換了，就幫他們登記這個名字吧！」兩家族在狗狗的出生表格上，寫下名字「你」跟「他」。

兩隻小狗狗出生後，很開心地躺在小棉被上，睡著舒服的覺。但兩家的父母左思右想，真的受不了，一直叫他們「你」或者「他」，真是太難了。

於是，他們決定，一定要換名字。

兩家族準備好行李，把兩隻小狗狗包在溫暖的布裡，一起出發。

他們搭上公車，先前往「南南小鎮」。

到了南南小鎮，因為是南部的南，發現那裡超熱的，兩隻小狗快要被熱死了，看起來就像一隻隻燒焦的小狗。於是，他們趕快衝上計程車，前往東區「東東小鎮」。

東東的意思就是東西。東東小鎮裡有非常多的東東，許多東東大家都會買，許多動物都會前往那裡購買許多東東，但他們兩家人沒時間了，聽動物護士說還要三十年，怎麼可能拖拖拉拉買東東呢?!

於是，他們就趕快前往北部。

他們前往「北北小鎮」時，發現這裡愈來愈冷，愈來愈冷，直到已經抵達北北小鎮的時候，家族裡其中一個爸爸就死了。

當時，他已經快要被冷死了，但是家人為了換名字而趕路，他跑一跑跌倒了，冷到爬不起來，就凍死在路邊了。同行的其他人決定先不要管他，反正他都死了，還是趕快繼續前進吧。

他們終於到了「光光小鎮」。光光小鎮顧名思義，是許多沒有穿衣服的人跑來跑去的地方，他們覺得超可怕的，就逃到了「時時小鎮」。在時時小鎮裡，所有人都在計算時間，所有人嘴巴裡都數著許多數字，一二三四五、一二三四五……他們真的聽不了這麼多數字，於是也趕緊往前走。

沒想到，哎呀，經過這麼多可怕的地方，總算找到一個非常好的地方了——「糖果屋」。糖果屋裡有非常多好吃的糖果，他們非常快樂，在裡面待了很久很久，直到某天，他們吃著吃著說：「我們出發吧！」這才發現，所有人都胖到無法走路了，甚至有人因為走不了，倒在路邊死了。

現在，只剩下兩隻大人狗狗，還有兩隻小狗狗，該怎麼辦才好呢？旅程已經進行到這個地步了，他們想，還是趕快繼續前進吧。

終於，到了換名字的地方。

他們很開心、很高興，跳呀跳，但因為幾十年的奔波，他們都非常老了，沒有力氣高興地跳著，只能用盡全力，走向只有兩步之遙、換名字的地方。可是，他們很老了，對他們來說，就算只有兩步，都是艱辛的。

於是，他們就想，先把自己保暖起來吧。他們找了一個（其實要走五步的）飯店住了下來。

隔天，再前往只需要兩步的換名字的地方，他們終於到了。

到了門口，他們的腳痠到進不去，連一步都走不了，所有人只能在外面吹冷氣。經過三十分鐘的休息後，才推開門，家長之一說：「抱歉，我們需要趕快換我們小孩的名字啊！」

裡頭的工作人員說：「呃，這裡是……你們是不是走錯了？這裡是餐廳哦！」

「哎呀怎麼辦，怎麼會這樣？」他們看了看地圖，此刻才發現，他們還有二十年的路要走啊，他們回到車上，快速地開車，快速地到達某個叫「天堂國」的地方。

天堂國有許多好吃的東西、許多漂亮的衣服、許多厲害的車子、許多昂貴的房子，那裡的東西看起來都非常好，但是每一樣東西都很貴。因為太貴了，他們沒有停留在那邊，繼續開，來到一個叫「框框鎮堂」的地方，他們想，這名字太奇怪了吧？他們又繼續趕路。

他們到了某個地方，這個地方沒有名字，很多店在賣神奇的招牌，每個招牌顏色都不一樣，有些是紅色、有些是黃色，仔細看會發現那是有規律的。一家店是紅色，另一家店是黃色，再另一家店是紅色，另一家店是黃色……

他們發現，哇，好漂亮啊，他們想反正我們都快死了，就在這裡看一看吧。於是他們走下來拍拍照。

這時，他們看到一個比他們還要老一百歲的老奶奶，老奶奶說：「哎呀，可以救救我嗎？」

他們心想天哪，早知道不要下來拍照，會惹禍上身啊，但他們還是親切地問老奶奶：「呃，你需要什麼幫忙？」

老奶奶開口說：「我需要去換名字的地方。」

喔？難道老奶奶跟我們一樣嗎？「好好好，我們也正要去那個地方。」

老奶奶說：「嗨哦～」他們聽不懂老奶奶說的話，但拿了一根枴杖給老奶奶，扶她上車，一起前往換名字的地方。

他們終於到了，終於。

但他們現在，已經九十九歲了，而且在一個月後，就要變成一百歲了，他們急急忙忙地衝進去換名字的地方，說：「我們要幫兩個兒子換名字，老奶奶也要。」

工作人員說：「好，你們先來這邊。」

他們被帶到一個小房間，房間裡有各式各樣的牙齒，工作人員說：「等等會有醫師來幫你們。」

這時醫師走進來：「好，你們想要換名字對吧？」

他們大聲說：「對！」

醫師親切地說明：「好，如果你們要來我們這家換名字，你們必須拔牙齒。」

他們說：「啊？拔誰的牙齒？」

醫生說：「當然是……拔醫生的牙齒！……不是啦，是你們的牙齒，幫忙拔一拔。來，嘴巴張開。」他們嘴巴張得大大的，醫生繼續說：「好，等等會有點痛，但是沒關係，你們應該都是為了自己的小孩才來的吧，那反正你們都要死了，就拔一拔吧。」

醫生拔呀拔地，拔到沒有牙齒了。他們張開嘴巴只能說：「ba ba ba ba？」

醫生說：「哎，我們這裡的人拔完牙齒都這樣。」他們又說：「ba ba ba ba。」

醫生親切地詢問：「好，牙齒拔好了，所以你們的小孩想要換什麼名字呢？」

被拔光牙齒的他們，異口同聲地說：「ba ba ba ba！」

醫師完全聽不懂他們到底在說什麼：「好吧，你們的小孩以後就叫『ba ba ba ba』。」

好不容易換好名字的「他」跟「你」，後來在學校裡都被嘲笑，因為他們的爸爸媽媽牙齒被拔光，根本不會說任何話，所以就只好叫「ba ba ba ba」。

好的，故事結束。

這個故事想要告訴我們什麼呢？

想告訴我們：不要去嘲笑別人的名字或者外表，因為這背後可能是有原因的。

「這個故事我覺得非常重要，像我有一個朋友的名字就很好笑啊。你知道我的朋友叫什麼名字嗎？你要不要猜猜看啊？真的很好笑哦。」

「叫猴子嗎？」

「比猴子可能再更好笑一點。」

「難道是『盧猴』嗎？」

「可能跟『盧猴』有點關係，但是又比『盧猴』再好笑一點。提示一下，是『盧猴』本來的名字。」

「『盧建猴』嗎？」

「『盧建猴』本來的名字。」

「盧建彰嗎？」

「沒錯，盧建彰。這個名字怎麼樣啊？」

「真好笑。」

「哪裡好笑呢？」

「真是好笑，因為他又盧又賤又髒。」

這樣大家覺得很好笑吧？讓人家笑得出來，有時候也是一件很美好的事情，如果可以的話，我們要記得，盡量笑自己，不要笑別人。

自己好笑比較好笑，笑別人好笑，反而比較不好笑喲。

這個故事大家聽了之後，一定會學到一件事情：真正好笑的事都是笑自己；笑別人，別人就不會笑；笑別人，別人可是會生氣呢。

「你知道『盧猴』這名字的由來嗎？其實呀，就是因為我覺得我爸爸實在太瘋狂了，像猴子一樣。於是我就想叫他『盧建猴』。但他問我，為什麼要建呢？我就簡稱他『盧猴』。我叫『盧兔』，因為我喜歡兔子。然後，我的媽媽的名字叫做『嗯』。你們猜猜看，為什麼她叫『嗯』呢？

「那是因為有一天，我問她：『爸爸是盧猴，我是盧兔，你想要叫什麼名字呢？』她沒有專心聽，於是就說『嗯』。我就說，那你就叫『嗯』吧。」

「所以你們家現在有三個人叫什麼名字？」

「盧猴、盧兔、嗯。」

「哈哈哈，好奇怪的家庭啊。那我們的故事今天講到這裡就好嗎？」

「好啊，我們下次再說吧。」

「我是盧猴。大家再見囉。」

「我是盧兔。我們下次見，拜拜。」

度日如年的故事

有一個小女孩，她的爸爸在她剛出生時就車禍了，而且她的媽媽在她三歲時被車撞了，因此她感覺自己度日如年，非常痛苦。

——盧願

「大家好，我是盧建彰，今天為大家帶來一個度日如年的故事。」

○

從前從前，有一個小朋友，他覺得度日如年。

什麼是度日如年呢？

就是把一天過成一年，從投資的角度來看，這算是巨幅增值，達到三百六十五倍了。

一日應該是地球繞行太陽一周的三百六十五分之一。

一天裡有二十四小時，每小時有六十分鐘，每分鐘有六十秒。你說，廢話，這大家都知道吧，但如果問你這是怎麼來的，也許未必每個人都立刻能答出來。

希臘時代，有一個人叫做托勒密，他去做了這樣的設定，基本上是以一個太陽日來思考的。

就現在而言，我們會很習慣，關於秒，關於分，關於時間，可是其實到近代，一六六〇年之後，才開始能夠用鐘擺去計算，在地球水平面上，大概〇．九九四公尺也就是大約一公尺長度的鐘擺，擺動一次的時間，就是所謂的一秒鐘。

當時沒有辦法將這個計算在手上完成（類似我們現在的手錶），只能用一公尺的鐘擺，得到一秒鐘約略是一個太陽日的八萬六千四百分之一。

有趣的是，人類的心跳，一分鐘大概也是六十下。也就是說我們心跳一次的時間大約也是一秒鐘。當然，這是在平靜的時候。

於是，我就會去想，關於時間的感受，會不會心跳比較快的，像老鼠，牠們時間感跟我們不一樣？狗的時間感會不會也跟人不同？

後來我就去問老鼠，也去請教了狗。

狗跟我說，有的人，會用狗的歲數乘以七來計算，比擬為人的年紀。但這其實未必精確，狗大概兩歲就成年了，成為成犬，就可以做任何可以做的事，而人好像得要到十八歲、二十歲，在不同的規範裡頭才算「成年」。有的人也會很好奇，為什麼有的人已經可以結婚了，但卻還不能喝酒？可以開車了但不能喝酒？這是美國的規定，你必須要年滿二十一歲才可以喝酒，但是十六歲就可以開車了，甚至十八歲就也可以自主結婚了喔。

而，合法飲酒得要到二十一歲，也就是說，你可以生小孩子了，但你可能還不能合法地喝酒。

顯見，喝酒需要更高的年齡成熟度才行，因為，不成熟飲酒帶來的危害，是遠高於其他社會事務的。

難免會讓我思考，到底什麼才是長大呢？什麼才是一般定義的完整？

回到剛講的，一隻狗的年齡大概到十五年，十五歲就是牠們壽命的長度，而人類可能到七十五歲，大約是五倍——對於時間的感覺，同樣的一分鐘，會不會對於狗而言是人類五倍的長度呢？

我們過一天，對於狗來說相當過了五天。對於壽命更短的老鼠而言，會不會又更加漫長？

進一步，從心跳來思考，可能更有意思。

曾有研究指出，心率愈快，壽命愈短，哺乳類動物平均每顆心臟一生跳動的總次數約為十億次，因此每分鐘的心跳愈慢，壽命就愈長，反之亦然。

侏儒尖鼠每分鐘心跳一千三百下，壽命一．五年，一生心跳一〇．二億次。貓每分鐘心跳一百五十下，壽命十五年，一生心跳一一．八億次。馬每分鐘心跳四十四下，壽命四十年，一生心跳九．三億次。大象每分鐘心跳二十八下，壽命七十年，一生心跳一〇．三億次。

說不定我們也可以這樣去看，以心跳的感覺來說，對於老鼠而言，度日如年，搞不好更像是一個合理的時間感描述。

人們總是會希望長壽，從古代到現在，人們總是會想要能夠長命百歲，而這其實來自於會得到更多的資產，更多可運用的權力。當你擁有資產、擁有權力的時候，難免就會希望可以保有這樣的狀態久一點。

但回過頭來說，如果那個狀態對你而言並不舒服、並不愉快，你還會想要這個狀態維持得更久、維持得更長嗎？

這就未必了。

我們都希望痛苦早一點結束，我們都希望痛苦早一點消失，而這可能也是許多宗教或哲學必須碰觸的課題。對於生命長度關切，而去探討在那當下的心理狀態，基本上就構成了所有哲學命題的核心，也是許多信仰的重點。比方說，有人會想探討來世或下一段生命，那為什麼會想要去探討下一段生命呢？或許因為眼前所擁有的，並不令人感到滿足，並不令人感到平安，並不感到愉快——不論你用任何字眼描繪那心理狀態。

會不會這才是最終極而迫使人思考的問題？

你也可以完全不去想，完全不去管，但這並不妨礙這命題的確切存在。

我的母親在我十七歲時發生車禍。我印象很深。小時候媽媽跟我說，算命的跟她講，她在四十五歲之後會行大運。後來好像也是真的，因為我的母親在四十五歲之後再也不需要工作了。她車禍了，她腦傷了，她失智了，她再也不具備工作能力，但她活著。

我的父親照顧這位失智的病人多年之後，有一回語重心長地跟我講，真不知道當時候是否就應該讓已經被宣告病危、在那一天就會過世的母親離開，而不是拚一把地開腦、動手術，帶來接下來三十年的「刑期」。

在那過後，我的母親到現在以失智症患者的狀態繼續活了三十多年，我的父親感到不捨。我就會想：這個時間的長度、時間的模樣，會不會因為人的狀態而有所不同？

有時候，我也會去想，當時候造成她車禍的那個人。

他知道後來發生了什麼事嗎？

他知道另外一個家庭發生了什麼事嗎？

他知道有一個人因為這樣被囚禁在一個三十年的監牢裡嗎？

還有，這個人的家人，會是如何？

若不是我母親的這場車禍，我很多想法都不會是現在這樣。可能就跟當時候的同學們一樣，進到科技產業，進到金融業；也可能像當初母親還沒車禍前預想的，成為一名律師。我應該不會從事任何跟創作有關的事。

而因為母親的時間變化了，我從那時候就開始思索，有什麼機會讓我們真的活著？有沒有什麼機會，讓我們真的永恆地活著？

後來，我想到的方式是創作。

作品應該有機會活得比我們還久，作品會讓眼前的痛苦、眼前難解的題目，看起來好像可以賦予它一點意義，可以賦予它一點也許別人未必認同、但是你自己會感受到在裡頭參與的機會。

你在裡頭，做了點什麼，好讓那個無窮盡的、看似空白的時間，用你的方式，留下記號，劃下刻度。

當年開車造成我母親受傷的駕駛，他知道因為他，所以世界上多了我所寫下的二十一本書嗎？因為他，世界上多了我創作出的幾百支影片嗎？

這是一個非常弔詭而且沒有答案的問題。

時間，它的模樣很難捉摸，而因為難捉摸，當你用手去抓、當你用手去摸的時候，會不會就在這個抓與摸的過程裡，賦予了它形狀？你捏了它，你形塑了它，你塑造了它成為某種樣子，而這某種樣子未必是你想要的，也未必是你期盼的，甚至也未必是你想接受的。

但無論如何，你捉了，你摸了，因為你覺得它難以捉摸，所以你捉了，你摸了，讓這個時間變成你的。

我傾向認為，時間雖然都在，但是你不去捉它，你不去摸它，你不去參與它，那麼那個時間就不是你的。

我們總是想要節省很多做事情的時間，甚至會有許多成語在形容這樣的狀態——欲速則不達、事半功倍，但有時候我也會想：省下的時間，你是要拿來做什麼呢？

未必減料，但是我們都會想要偷工。

但偷下來、大家覺得很聰明的，好像「事半」的，跑去哪了？

剩下那一半跑去哪了？

剩下那一半你要拿來做什麼？

剩下那一半會讓你感到更幸福嗎？

剩下那一半會讓你感到更悠閒嗎？

還是剩下那一半讓你反而更焦慮了？

讓你更無聊了，讓你更不確切地知道自己可以做什麼，自己想做什麼？

關於車禍與度日如年，我覺得我有很多感受，但那些感受好像不是用一句話可以講，也不像是用一篇文字就可以說明。似乎得用一輩子的長度，去描述，去試著琢磨它的樣子，試著去搞清楚它的長相，甚至也許是，流向。

長相就是長出來的樣子，如果我們都還活著，不也表明我們一直還在長嗎？

長相，那個事物的長相，那個你陪伴最久，但也可能最不熟的「那個人」的長相。儘管每天你都會透過鏡子看到「那個人」，但「那個人」的苦惱未必會經真的說出來讓你曉得，「那個人」真正的希望，真正的期盼，也未必是你清楚而且可以為他做到的。

度日如年，搞不好也是好的。

反過來說，關於一日三秋，一天不見面，就好像隔了三年沒見面，這也是一種很有趣的說法。

如果你禮拜一去上班，跟老闆說，「哎呀，過了週末，這兩天沒見到你，真是一日三秋啊」，等於跟他有六年不見了。也許，跟老闆六年不見，感覺還不錯啊。

是這樣說嗎？我也不曉得，哈哈。

我常會覺得，多數物質的價值，可能最後都得用時間來定義。以前覺得這個人很好，說不定我們得花上十年去檢驗。眼前的伴侶好不好，甚至我們得花上四、五十年才能檢驗。

那眼前的自己到底好不好？搞不好我們得花上六十年、七十年、八十年，才清楚自己活得好不好。你才知道，眼前的自己到底是不是一個好人？到底是不是一個活得好的人？

而因為這樣，時間變成了所有的度量衡。

這度量衡，很多時候反而是，創造出錯覺的最大機會。

我覺得錯覺沒有問題，但如果到最後才發現你的人生就是你最大的錯覺，我覺得那感覺應該不會不錯，應該會滿挫折的。

「我是盧建彰，希望在關於時間與生命的這一場騙局裡，不要騙自己太多。祝福你。」

最危險的故事

〈交換祕密〉

在一個萬里無雲的好天氣裡，有一隻聰明的小狐狸和一隻可愛的大狐狸，大狐狸和小狐狸是很好的朋友，他們常在一棵大樹下聊天。今天大狐狸又約小狐狸一起去大樹下聊天了，他們聊著聊著……就聊到了「祕密」，小狐狸說：「我們都聊到祕密了，不如我們就來交換祕密。」大狐狸聽了就說：「好！」於是，他們就在樹下分享彼此的祕密。

接著，大狐狸就說：「我的祕密，有點可笑，所以，你不能跟別人說喔！」小狐狸回答：「ＯＫ！」大狐狸說：「今天早上，我要去吃早餐的時候，突然聞到了一陣濃濃的葡萄味，就跟著香氣一直走一直走……突然，我不知道我撞到了什麼，反正，我就是撞到了一個硬硬的東西，我睜開眼睛，發現，我到了一個葡萄園。」這時小狐狸說：「哇！好棒喔！」大狐狸說：「但是，我跳哇！抓呀！踢呀！每次，都是四腳朝天地著地，沒辦法就只好放棄，因此，我告訴自己別在意：『酸葡萄哇！酸葡萄！沒什麼了不起！』」

小狐狸說：「喔！你的祕密是真的有一點糗，但我一定不會跟別人說！」小狐狸接著說：「我也是在今天早上正要去找食物的時候，我看到烏鴉小姐的嘴裡有一塊看起來很可口的肉塊，因此，我對她說：『你的歌聲好聽又美麗，真是什麼都好哇！』所以，烏鴉小姐就開心地唱起歌，這時，當烏鴉小姐一開口，肉塊就掉下來了！我咬著肉塊，對著她吐吐舌頭，就咬著肉塊跑走了。」

兩隻狐狸都說完祕密後，他們就看看對方，眨眨眼，就笑了！突然，下雨了！大狐狸就說：「我有帶雨傘，快來我這兒！」小狐狸說：「好的！」大狐狸接著說：「謝謝你！跟我說你的祕密！」因此，他們的感情就變更好了。

——盧願

「大家好，我是盧建彰，這個故事是我某次路過一個狐狸洞聽到的，當作祕密交換說給你聽。」

○

有兩隻狐狸，他們對於這個世界充滿了好奇，有一次他們討論到一件事：我們這麼可愛，為什麼在人類的童話故事裡，我們狐狸常常被形容為是奸詐狡猾的動物呢？

他們對於這件事情，除了疑惑、百思不解之外，也很想改變這件事，所以他們兩個呢，就在討論要如何改變這一切。後來他們想到也許有一個機會，可以去世界上最危險的地方，去面對世界上最危險的生物，用他們的勇氣來改寫童話故事。

他們討論了一半，在想，哪裡會是最危險的地方呢？哪裡又能遇見世界上最危險的生物呢？

他們想了想，到底應該怎麼做才好呢？

大狐狸跟小狐狸在小小的房子裡聊天，這時候外面下起雨來，小狐狸看著雨就說：「哇，這個雨真大。」

大狐狸說：「對啊，狐狸的房子，經過思考，蓋在小小的地洞裡面，就不會被其他的動物發現，但是啊，地洞唯一最怕的，小狐狸你知道是什麼嗎？」

小狐狸說：「哎，我不知道哎，是蛇嗎？因為蛇會鑽洞啊！」

大狐狸說：「嗯，蛇是有一點危險，但是有時候我們遇見了，他也會跟我敬個禮、拍拍手就走了。」

小狐狸說：「蛇有手嗎？」

大狐狸說：「我從他的眼神裡面感覺到他在拍手。」

小狐狸說：「哦。」

大狐狸繼續說：「蛇看到我們狐狸，反而會逃走呢，因為我們有些狐狸動作很快，會把蛇抓過來吃的哦！」

小狐狸說：「哦，原來這麼厲害，那地洞怕的如果不是蛇，那到底是什麼呢？」

大狐狸說：「你再想想看。」

小狐狸繼續想：「哦，會鑽洞的，難道是老鼠？」

大狐狸說：「老鼠？你知道老鼠肉也很嫩呢，我們看到老鼠更是高興得不得了，雖然他看到我們不一定會高興。我們有時候看到老鼠走進來，還會跟他說『歡迎光臨』，就像餐廳裡的服務生一樣。」

小狐狸問：「餐廳？什麼餐廳？」

大狐狸說：「就是狐狸餐廳啊，只是我們這間狐狸餐廳，吃的菜是老鼠肉啊。」

小狐狸說：「啊，這樣老鼠聽到應該也很害怕吧？」

大狐狸說：「對啊，一點也沒錯。那你再想想看，我們狐狸的房子還會怕什麼呢？」

小狐狸想了想，還有誰會鑽洞呢？他想了又想，到底是什麼會鑽進來呢？他想啊想的，有點想睡覺，因為有點累累的，而且外面的雨聲稀哩嘩啦的，好像變成白噪音，讓他覺得很舒服，很想睡著。

這時候大狐狸打斷他：「小狐狸，小狐狸！」

「什麼？」

「你還有在想嗎？不然我要公布答案嘍！」

「好。」

「其實，我們的地洞最怕的是淹水。」

「哦～淹水。」

大狐狸說：「因為淹水，水會跑進來，如果我們也在裡面就麻煩了。還好我們的地洞都會做很多地道，可以從另外一條路跑出去。但是，小狐狸，你知道為什麼會淹水嗎？」

小狐狸說：「我不知道，我只知道我好想睡覺。」小狐狸揉了揉眼睛。

大狐狸說：「嗯，你聽我說，以前我們在挖洞的時候，都會先找相對來說地勢比較高，比較不會淹水的地方，因為你一挖好洞，馬上就淹水，這個洞就壞掉了，那不是很可惜嗎？你花的力氣都浪費了。但後來我們就發現，這件事情在這幾年來是愈來愈難了……」

小狐狸說：「為什麼？」小狐狸還是很想睡覺。

大狐狸說：「因為現在下雨跟以前都不一樣了，現在下雨是會一下子就下很多、很急、很快，以前不會淹水的地方，現在都淹水了，然後淹水過後，又會有好長一段時間都沒有水。這真是非常非常麻煩的事情，現在地洞找再高的地方，都還是可能會淹水。雨一下子太快、太急了，所有的水都來了，就變得很容易淹水了。」

小狐狸說：「哎呀，真是麻煩哪。但是我覺得睡覺就好像漂浮一樣，沉沉地睡著，就好像浮在水面上，很舒服啊，我現在好想睡覺呢。」

大狐狸說：「等一下，你剛說什麼？」

「我說，我很想睡覺。」小狐狸重複一遍。

大狐狸追問：「不是不是，你剛剛講的那句話裡面有一件事情，我覺得有點在意、有點奇怪。」

小狐狸搞不清楚，「啊，哪一句？」

「我不知道，你可不可以再講一遍？」

小狐狸皺著眉，回想：「呃我很想睡覺……」

「不是這句。」

小狐狸再試著說：「嗯，睡覺很舒服。」

大狐狸說：「好像也不是這句，雖然我也同意睡覺很舒服，我現在也有點想睡覺，但是小狐狸，我覺得你剛剛好像還有講到別的事情啊。」

「我說啊，睡覺很舒服，我好想睡覺，睡覺好舒服，好像浮在水面上。」小狐狸努力把剛剛講過的句子重說一遍。

「對對對，你為什麼會說好像浮在水面上呢？而且，慢著，你的聲音聽起來有點不一樣。」

「哪裡不一樣？」

大狐狸邊思索著說：「我覺得……好像有一種回音，好像有一種聲波反射的感覺。」

「有嗎？」

「有啊有啊，這個聲音跟剛剛愈來愈不同了，小狐狸你可不可以幫我個忙？」

「怎樣？」

大狐狸的聲音突然變得焦急：「你趕快睜開眼睛，你幫我看一看，是不是有什麼不同了，因為你在洞穴的前面，離洞口比較近，我在洞穴的深處，離洞口比較遠，所以我不知道……會不會，會不會……」

「嗯？」

大狐狸遲疑地接著說：「……我們這個洞穴有點點不一樣了？」

小狐狸說：「沒有啊，我就只是在這裡想睡覺，聽你說話，不知道是聽你說話所以才想睡覺，還是因為想睡覺，才願意坐在這裡聽你說話？哎呀，我怎麼把心裡的話說出來了啊？大狐狸，不好意思，我沒有別的意思，我只是說，你說話讓我覺得很安心，然後當我很安心的時候聽你說話，你說話也會讓我聽了感到安心。」

大狐狸說：「好好好，謝謝你的讚美，但是我還是覺得奇怪，你剛剛講浮起來，會不會……」

「會不會……什麼？」小狐狸說：「……你說什麼呢？我覺得浮起來感覺很棒，很舒服啊，就像現在。」

大狐狸吃了一驚：「現在?!你現在有感覺自己浮起來嗎？」

小狐狸迷迷糊糊回答：「對啊，因為我想睡覺，所以感覺自己好像有點浮起來了。」

大狐狸說：「啊！真的假的！你知道，這個急降雨，就是我剛說的這個雨，忽然下很大，其實都跟世界上最危險的生物有關。」

小狐狸說：「怎麼說呢？它們是誰？它們是龍嗎？它們會讓雨下多一點嗎？」

大狐狸說：「龍？龍是傳說中的生物，根本不存在這世界上，不要聽人家亂說，我跟你講的事情是真的，是真的存在這個世界上的，是他們才造成這個世界變得愈來愈危險。」

「啊，大狐狸，對不起，我真的有點想睡覺，我真的覺得很舒服，還是有什麼事，我們明天再說呢？我們睡個覺，明天起來更有精神，我再聽你說。」小狐狸禮貌地回答。

「哦，也沒有關係啦，我要說的事情也不是那麼重要。不，應該說很重要，但是如果我說的時候你沒有專心聽，我說了也沒用。那不如我們明天再說，但是我還是對於你剛說的話有點在意……」大狐狸親切地說。

「你在意的是什麼？是我剛說要浮起來嗎？我喜歡浮起來，感覺好像身上沒有壓力，好像一切辛苦的事情都被放下來了，我好像坐在雲上面，雲托著我，我就是一隻舒服的狐狸，每個人看到我都笑咪咪，因為我在雲上面，看起來就跟……在雲上面一樣，嗯，感覺就是舒服的模樣。」小狐狸睡眼惺忪地描述。

大狐狸說：「哇哦，小狐狸，我在想也許未來你會成為一位詩人，你很懂得描述你的感受，但我也想再追問一下，你剛剛說浮起來，是你現在真的感覺浮起來了嗎？」

小狐狸說：「對啊，因為浮起來，所以我想睡覺。因為想睡覺，所以我浮了起來，這其實是同一件事情。

「大狐狸，你知道嗎？時間也是這樣的東西，時間其實不是一直往前走的，時間就在這裡，環繞著我們的身體，並不是一個往前走的東西。真正會往前走的是我們，是我們在時間裡面走來走去，時間它沒有走去哪裡，它就在這裡，就像這裡。

「當你睡覺，就是睡覺的時間；當你聊天，就是聊天的時間；當你想要罵人，此時此刻就是罵人的時間。

「所以時間它並沒有走去哪，它一直都在這裡，它也一直都在那裡，不管那裡是要罵人的，那裡是要睡覺的，那裡是要躺著看雲的時間，總之，時間在每個地方都有。」

默默聽著的大狐狸說：「小狐狸，這些都是你自己想的嗎？」

小狐狸說：「對呀，我都是在想這些事情，雖然有時候跟同學說，他們不一定會聽，但是我是這樣想的。」

大狐狸說：「我覺得你說的很好耶，大家都會說什麼時間壓力，其實時間沒有壓力啊，時間哪有壓力？有壓力的是說有壓力的人啊，時間它並沒有壓力。

「真正能夠在時間裡面好好生活的人，他會不會也不覺得時間是種壓力？或者我們也可以用你剛剛說的方式，搞不好那個人所謂的時間壓力，應該倒過來，叫『壓力時間』——當某人有壓力的時候，那就是他的壓力時間。跟他吃飯就是吃飯時間、睡覺就是睡覺時間一樣，那個人選擇讓自己度過一段有壓力的時間，那就是他的壓力時間。

「只是他把話給講反了，他說成了時間壓力，但時間並沒有給他壓力啊，是他給時間壓力，他讓時間變成了壓力時間。小狐狸，你覺得我說的對不對啊？」

大狐狸說完，也徵求小狐狸的意見，但小狐狸沒有說話。

「小狐狸？小狐狸？」大狐狸連說了兩句，小狐狸都沒有回應。「你有聽到我說的嗎？」

小狐狸淺淺的聲音說：「啊？」

大狐狸說：「哦，因為我剛剛發現你都沒有回答……」

小狐狸說：「哦，可能我這邊的時間跟你那邊的時間，有一點點不一樣。」

大狐狸興奮地回：「哦？這個就叫『時差』，時間的差異就是時差。你是說你在那一邊的時間，跟我這邊的時間不一樣嗎？這就是時差。哎，我跟你有時差。」

小狐狸納悶地問：「時差？」

大狐狸說：「對。嗯？小狐狸你怎麼重複我的最後一個字？」

小狐狸說：「最後一個字。」

大狐狸說：「嗯，我確定你只是重複我最後一個字。你是不是很想睡覺？」

小狐狸說：「想睡覺。」

大狐狸說：「哎呀，真不好意思，我這麼勉強你，讓你明明很想睡覺，還要跟我說話，抱歉抱歉。但是說真的小狐狸，時差這件事情也很有趣哦，我們常常會覺得有些人想法跟我們不一樣，但是我後來發現，這搞不好不是他們的錯，這也不是我們的錯。這個不一樣，其實只是因為我們彼此有時差。」

小狐狸說：「有時差。」

大狐狸說：「對呀，我後來發現，當你去跟一個只想吃飯的人討論花有多美的時候，他會聽不懂你在說什麼。他想的是，我要吃眼前的飯，這是我的吃飯時間，所以他整個腦子裡想的就是吃飯，而我在跟他說這朵花多美麗、這朵花很好看、這朵花讓我的心情放鬆，那個人想的是，啊花是什麼？花可以吃嗎？花好吃嗎？花吃了會飽嗎？為什麼你要跟我說花的事情？我要吃飯、給我飯吃、我要吃飯、還是你是花、我可以吃你嗎？

「你知道嗎？我後來才發現，當你跟某個人意見不合的時候，其實並沒有意見不合的問題。是他的時間跟我不一樣，他跟我有時差，他所處的時間是『吃飯時間』，而我處的時間是『賞花時間』。

「所以當兩個人想法不同，其實不用太擔心，也不用太緊張，你應該只要去意識到，『哦所以我們中間有時差』，我們的時差也許有時候可以調過來，那就是『調時差』。

「搞不好，我突然間肚子也餓了，我也來到了吃飯時間，那我跟他討論的話題可能就會跟吃飯有關，那個肉好不好吃啊、今天的收穫怎麼樣啊，那我們就沒有時差。

「但是當你沒有辦法調整時差的時候，你就得讓時間慢慢地，也不是過去哦，時間就像你說的，它就在這，是那個人或我們自己要去決定我們想要過怎麼樣的時間。如果兩個人的決定不一樣，那當然就永遠有時差，並不會因為時間過去了，就沒有時差。

「你知道嗎？我小時候很希望趕快長大，當我在你這麼小的年紀時，我很想要跟我爸爸一樣，所以我希望我趕快長大，好讓我跟爸爸一樣，但是我發現當我長大的時候，我爸爸也會長大，等到我長大了，我爸爸又長更大了，我好像跟他永遠沒辦法一樣，我覺得這件事情非常奇怪。哎小狐狸，小狐狸你有聽我在說嗎？」

「知道，你說你爸爸。」小狐狸冒出一句。

「對。」大狐狸說：「哎呀，我猜這就是時差吧，你在睡覺時間，我在說故事時間，那說故事時間跟睡覺時間，有時候可以很靠近，但再怎麼靠近還是不一樣，就好像兩個人就算坐在一起肩並肩，但如果心裡頭想的事情不同，他們就會有時差，他們可能知道的事情是完完全全不同。」

小狐狸說：「嗯，我懂了，但是大狐狸，有一件事，我想你也應該要知道。」

大狐狸好奇地問：「什麼事呢？」

「就是，」小狐狸說：「就是浮起來的感覺真的很好。」

大狐狸說：「哎，你又講一次浮起來，還是你現在真的浮起來了？」

「我真的浮起來了，我真的感覺到我浮起來了。」

大狐狸嚇一跳，急著說：「等一下，我過去你那邊看一看，該不會你是真的浮起來了？」

「我是真的浮起來了，我真的感覺到我浮起來了。」

「你等等我，我過去你那邊瞧一瞧，你等我一下喔！」大狐狸咚咚咚，從洞穴的深處往洞口方向，跑呀跑跑呀跑，跑到了小狐狸身旁。

這時候，他才發現，哦，小狐狸說的事情都是真的。「小狐狸你知道嗎？所謂的感知跟現實通常會有差距，但你現在處於感知與現實是沒有差距的狀態，也就是你是一隻『言行合一』的狐狸。」

小狐狸說問：「什麼叫言行合一呢？」

大狐狸解釋：「我們常常會說出一些話，跟現實狀態是不同的。嗯，譬如說，有人找我吃飯，可是我因為沒有帶錢包，所以沒有錢吃飯，但我卻跟對方說『哎呀我不餓』，你看這就是說話跟行為不一致。我不是不餓，是沒有帶錢包。如果肚子餓就說肚子餓，那就是言行合一。你現在就處在一種言行合一的狀態。」

小狐狸說：「什麼意思？」

大狐狸說：「你說你喜歡浮起來的感覺，而我現在看到你是真的浮起來了。」

小狐狸說：「我浮起來了。」

「對，」大狐狸說，「你看，你又再一次言行合一了，你說你浮起來了，你也真的浮起來了。」

小狐狸說：「浮起來了。」

大狐狸點點頭：「但下一個問題來了。」

小狐狸：「來了。」

大狐狸：「那你為什麼會浮起來？」

小狐狸：「浮起來。」

大狐狸：「你又開始重複我的最後一句話。」

小狐狸：「一句話。」

大狐狸：「哦，我知道了。」

小狐狸：「知道了。」

大狐狸：「我知道你為什麼浮起來了。」

小狐狸：「浮起來了。」

大狐狸：「因為……」

小狐狸：「因為……」

「因為……」大狐狸接著說，「水流進來了。」

小狐狸：「水流進來了。」

「哎呀，就是我剛說的，世界上最危險的生物，他們創造了很多很多東西，但是也創造了很多很多的麻煩，現在因為氣候變遷，造成極端氣候，一下雨就淹水。你看，我挖了這個洞，已經在這麼高的地方了，還是淹水了，走吧，我們要趕快找另個地方。」大狐狸解釋。

小狐狸突然想到：「對了，我們一開始不是說我們要去最危險的地方，找最危險的生物，好洗刷我們在童話故事裡面的惡名嗎？他們都說我們很奸詐。」

大狐狸說：「哎呀，不用了，我們早就已經到了最危險的地方，遇到了最危險的生物了。」

小狐狸不解地問：「啊，你說什麼意思？哪裡是最危險的地方？」

大狐狸說：「有人類的地方就是最危險的地方啊，因為人類就是最危險的生物，我們已經到了，我們也遇到他們了，而且你看，最危險的他們還會把我們說成是奸詐可怕的，說起來又有誰會比他們還奸詐、還可怕呢？走吧，我們應該要找個地方去躲好。」

小狐狸：「躲好。」

大狐狸：「對，這個世界很危險，我們要躲好。」

小狐狸：「好。」

大狐狸和小狐狸手牽手，從洞穴的另一頭走，走向另一個時間去了。

○

「留在這個時間裡的我們，故事結束了，希望你喜歡。我們下次再一起說一個故事。」

怨天尤人的故事

在一個村子裡，有一個小朋友，他是一個男生，他遇到困難時總是怨天尤人，因此很多人都沒有太喜歡他。

——盧願

「大家好，我是盧建彰，曾經是上班族，午餐吃什麼常常讓人很煩惱，今天來說一個怨天尤人的故事。」

◌

從前從前，有一個人，他在一間公司上班，中午大家都會一起吃飯。上班族吃飯是很辛苦的，除了要討論要去吃什麼之外，其實還有別的辛苦。

是這樣的。

這個人有一次去開會，開會前，他很擔心，因為聽說開會的那位客戶非常凶，非常可怕，感覺就像八爪章魚一樣，可以把人吃進去，然後吐出來，連骨頭都不剩。

他很擔憂，他很怕開這會，會不順利。

結果呢，他去開會了，發現非常順利，客戶人很好，反應也快，理解力好，還有很棒的品味。

開完會後，因為如釋重負，他心裡一顆大石頭落了地，不知道為什麼，他就有點鬆懈了，放下了心裡的戒備，忍不住跟對方說：「謝謝，你好好噢。」這位客戶很好奇說：「什麼好好？」

「哦沒有，」他吞吞吐吐地回答，「你是一個很好的客戶，你的品味很好，你對人很客氣……」但他沒有說出來的是最後那一句，是「跟、他、們、說、的、不、一、樣」。

後來，他回去公司，發現不是客戶很好，是他的同事太有創意了，他同事的創意都花在「抱怨」上，因此，那些形容這客戶有多可怕的話，充滿著創意，也讓他過分恐懼。很多時候，很多事情未必是你想像的那樣，甚至很多時候，很多事也未必是人家說的那樣。

然後這個人也發現，很多時候，有很多人，把他們的力氣花在抱怨上面，把他們的創意花在抱怨上面，而不是花在去解決問題上面。甚至，說不定他們的這種態度，這種喜愛抱怨的方式，才是他們最需要解決的問題。

這個人發現了這件事情，從此以後，他中午就不再和同事去吃飯。因為他發現原來人有一種競爭的心態——午餐的時候，某甲抱怨他最近遇到的倒楣事、遇到討厭的客戶；輪到某乙時，就會出於一種不能輸給對方，出於一種要認真努力表達自己也被欺負，也被這個世界不平等地對待，就會繼續講客戶有多可怕、客戶多糟糕、遇到的事情有多麻煩、這個世界有多不公平。於是，一個講完，再換下一個，再換下一個，再下一個，再下一個，以等差級數地放大了抱怨，讓這頓午餐約會變成一種無差別格鬥，成為一場世紀抱怨大會。所以，這個人後來他就沒有跟同事吃飯了。

那他做什麼呢？他去游泳。

為什麼他去游泳呢？因為他發現水裡不能說話，水裡不會有抱怨的聲音。

他每天中午去游泳。有一回，他遇到了公司的最高階主管，他發現這位主管，好像也沒有人會主動找他吃飯，這可能是作為主管辛苦的地方，大家只想找同事吃飯，不會想要找最高階的主管吃飯。

所以，他就問這位最高階主管：「要不要跟我去游泳啊？」

對方說「好啊」，後來，他們就兩個人每天中午頂著大太陽，騎著腳踏車，去附近的社區泳池游泳。

為什麼騎腳踏車呢？

因為走路有點遠，怕午休時間會趕不及下午的工作時段，開車當然也ＯＫ，可是既然距離大約只有兩三公里，騎腳踏車可以走出戶外，又可以順便運動，感覺還不錯。

所以他們就每天中午騎腳踏車去泳池游泳，游到後來，他們還去游日月潭。

這也沒什麼，但好玩的地方在於，游日月潭的時候，你會發現你的心是開闊的，因為你站在那裡，你看不到對岸。

你會想，我真的可以游到對岸嗎？

那個人在活動的前一天，去到日月潭，他看著對面，看不到終點，他想著，這真的游得過去嗎？

沒想到，隔天，游啊游，游啊游，什麼都不想，最後真的就游到對岸去了。

看不到終點，你的心就放寬了。

會不會很多時候創作也是這樣呢？

一開始其實看不到終點，而看不到終點說不定是個好消息，因為看不到終點，所以很多人就放棄了。

因為看不到終點，所以當你還願意去做這件事情，這件事情就變得特別了起來。

因為其他人看不到終點，就也不做了。

因為看不到終點，所以你就不會急著擔心自己現在有沒有做好，反正看不到終點嘛。

你不會擔心因為眼前做得不好而無法成功，因為根本就看不到成功的機會，所以你只是去做，你只是單純地去做，所以那個做，就變得好像很單純。

譬如泳渡日月潭。只是手臂往前一下，再換另外一隻手往下，再換另外一隻手往下，再換另外一隻手往下，要做的事情就變得單純無比，你不需要去擔心會不會成功，你只需要在意眼前的這一下，再一下。

後來我聽這朋友講，從此他就喜歡上這種不需要靠別人、只需要靠自己的活動。而靠自己也不是要靠自己的金錢、靠自己的家世背景、靠自己爸爸媽媽是誰的行為——運動，是非常非常適合想要腳踏實地的人去從事的。因為當你在做這件事情的時候，它讓你跳脫了社會的階級，它讓你跳脫了財富分配的不平均，它讓你不用擔心組織裡誰的 title 高、誰的 title 低，它讓你回到自己，讓你可以安靜地面對自己。

運動甚至搞不好比世界上的多數事情都來得誠實，來得無法用一些狡詐的方法可以得利、可以逃避。

運動是那麼誠實、那麼單純，這讓人在這個好像充滿不公平、充滿痛苦、充滿抱怨的世界裡，顯得好像有那麼一點珍貴，有點像是綠洲一般。

後來，這個人就希望自己每天都能運動，而且那個運動最好都是自己就可以達成的。不需要等別人，不需要跟別人約，不需要有另外一個人才能去從事，隨時都可以做，也隨時都可以停止。

因為隨時都可以停止，所以當你願意做下去，就變得更加難得。

因為隨時都可以放棄，所以那個不放棄，就變得是屬於自己的一種小小的成就。

當你每天都去做的時候，它一定會有結果。

為什麼？

不管是你是跑步還是游泳，當你跑一步，你就是往前一步；當你划一次水，你就是往前進了。

不管你是誰，不管你在平常的生命裡是多麼地被打壓，當你做了，就不一樣了。

當你做了，你很確切可以感受到你就在往前進，那種成就感，是對自己一種很大的補償吧。讓人可以很安心、很放心地做想做的事，並且看到被做出來，跟世界上的其他事比起來，那是多麼有成就感呀。

說起來也跟創作很像，說起來也跟說故事很像。

故事所以迷人，是因為小朋友喜歡聽，而我們都絕對曾是小朋友。故事之所以會有一點點意思、有一點意義，說不定是因為在故事的世界裡面，我們都會被保護。

在真實世界裡面，我們說不定，也可以使用故事來保護自己。

創作故事，讓自己在故事裡感到安全，好讓我們在這個有點討厭的世界裡面，每天都還有一點點想要活著的勇氣。

那些努力在說故事的人，看起來好像是他在幫大家，帶給大家奇妙的體驗，其實他也是為了想要幫自己活著；看起來好像是他為了留下什麼給以後的時代，但說不定，更是讓自己在眼前令人難以忍受的時代，有好好活下去的動力。

努力的人會比較有幸福感。

不努力的人，或者說，不必努力的人，比較容易感到不幸福。

如果可以的話，好像可以每天都做一件自己可以做的運動。

如果可以的話，好像可以每天都說一個自己可能會感到有點喜歡的故事。

就算說得不好，就算運動得不像職業運動員那麼棒，但是你知道你在現場，你知道你在努力，那也是一種跟自己好好相處的方式，也是跟自己的一種奇妙約定。

而最美的事情是，當你有了約定，而且你信守了那承諾，你會覺得自己好像是一個還可以的人，好像是一個還不錯、不至於太壞的人。

通常覺得自己不是太壞的人，可能就不至於做出太壞的事。

「啊，本來要講怨天尤人的故事，後來，怨天尤人變成一個不怨天尤人了。我是盧建彰，希望你喜歡這個故事。希望你喜歡你。」

貓咪村的故事

有一天，有一隻小貓，牠很可愛也很親切，因此大家都覺得牠很好，而且牠也很熱心喔！牠幫助了小老鼠拿果實，還幫助了很多……很多……很多……很多的人呢！

——盧願

「大家好，我是盧建彰。今天要講一個，關於貓咪村的故事。」

○

貓咪村在哪裡呢？貓咪村在一個漂亮的島上，這個島很小，所以貓咪村也不大。

有一位先生他得工作，工作總是讓他得花上很多力氣，總是很擔心、很擔心沒有做好，沒有完成別人的託付。

有一天，他必須完成一個很重要的工作，但就在那天早上，他的女兒跟他說：「爸爸，我在報紙上看到一個貓咪村，我好想去哦！」

這個先生跟她說：「貓咪村？我記得我帶你去過啊！」

但他的女兒說：「有嗎？我不記得了。」

這位先生一邊喝著咖啡一邊想，嗯好難得哦，女兒竟然會跟他說想要去什麼地方玩，通常都是他先想好要帶女兒去哪裡。沒想到，這是女兒第一次跟他說想要去一個地方玩。

他看著繼續看報紙的女兒，他想，是不是有機會可以完成女兒的願望呢？

說真的，這個願望，不也是這位先生的願望嗎？想要完成女兒的願望，可能是很多作爸爸、作媽媽的願望吧，儘管很多願望我們未必可以幫別人完成，但是如果可以的話，完成別人願望，可能是讓自己願望最愉快的一種經驗。

這位先生盤算今天的工作進度。啊，糟糕，有一個很重要、很重要的會議，可是他又真的很想讓自己的願望（或者說讓女兒的願望）能夠達成，怎麼辦呢？他想一想，跟妻子討論，他們想到了一個法子。

這先生不好意思跟開會的對象說，「啊因為我女兒想要去貓咪村，今天的會議就取消吧」。一來是不好意思，二來這也跟他對於工作很重視的誠信，關於承諾的這件事情，是有所牴觸的。

怎麼辦呢？

到了開會的時間，他依然出發前往，只是這次他帶上了妻子與女兒，到了那棟商業大樓，因為是中午用餐時間，他請妻子跟女兒去吃飯，自己沒有吃就去開會了。

開會時，他全力以赴，卯足全力。因為這是他非常重視，而且很在意的工作。

他花了兩個多禮拜，每天都在想，每天都很努力地想把這工作好好做好。他不想辜負對方。比起完成工作，他更在意的是託付這工作給他的人。

因為對他而言，事情不重要，人比較重要。或者說，人的心情更重要。

心情比事情重要，是他在工作很多年、做了很多事情之後才意識到的。

許多事情是用來服務人的心情，許多事情都是為了讓人的心情好而去做。許多事情都是因為有人才會有這些事情，而這些事情，到最後，人們評判它是好還是壞事情時，恐怕也都會跟人的心情有關。

心情，當然不只是傳統所謂心情好、心情不好，它綜合了很多關於文化、道德、倫理而聚合成的一種心情。它不單只是情緒而已。

好的事情，會讓好的心情更好；不好的事情，也會讓再好的人都心情不好。

所以，他很努力，試圖要把自己「努力想要把這個事情做好」的心情傳遞給對方，很幸運地，一起開會的對方也接收到了他的心情。

開完會之後，他跑到商業大樓的地下室開車，他問停車場的保全人員：「請問這邊有沒有廁所啊？」他借了廁所，換下長褲鞋子，穿上短褲拖鞋，轉換成度假模式。有點像當兵休假在廁所換裝，更像高中蹺課變身。光是換穿服裝，就讓他感覺真是奇幻呀，心情好好噢。

但當他們開出停車場的時候，突然發現——哇——整個天空烏雲密布，好黑好濃好密啊。這一整週每天中午過後，都會下起大雨，怎麼辦呢？

雖然他已經完成了重要的、被人託付的工作，但是要前往貓咪村的路上，恐怕就要遇到狂風大雨了。而貓咪不會站在那邊淋雨的，恐怕抵達貓咪村的時候，所有貓咪都會躲起來。

這樣，女兒想要去貓咪村的心情會不會受到影響呢？

他心裡有點忐忑，但是又覺得，對於這世界，我們愈早理解它的模樣，心情失望的程度可能會少一些。所以他一邊開著車，一邊鼓起勇氣，告訴女兒：「跟你說喔，現在天空陰陰暗暗的，有可能等到我們到貓咪村的時候，會下起大雨，貓咪可能都會躲起來哦！」

他女兒說：「沒有關係，不要擔心。」

他心裡覺得很受安慰，想著，也許他的女兒，比他想像的還要堅強，比他想像的還能夠接受這個世界可能會發生的、無法預料的事情。而這些事情，並不一定得要影響到我們的心情，我們可以處理自己的心情。

他才想完，天空就下起大雨來，整部車好像進到洗車場一樣，啪啦啪啦啪地被大雨包圍。擋風玻璃整個變成模糊的，往外看去，什麼也看不見，什麼也看不清，就好像戴上了一副完全不符合度數的眼鏡，所有的一切都模糊了，所有的一切都是扭曲的。看不清楚的同時，他們發現遠方的山——他們即將前往的目的地——也都變成白色了，好像加上了濾鏡一般，如果連山都蒙上了一層白紗，可見那地方應該也在大雨裡吧？

他們一邊唱著歌一邊聊天，繼續前進，前往那一個未知的地方。

有時候，無知跟未知看起來似乎很像，但其實不一樣。

有趣的是，無知看似不恐懼，未知卻會讓人害怕。

過分害怕未知，不是一個聰明的表現。很多時候，人們會認為所謂的智慧是能夠預期到未來，但是，過分地擔憂未來，可能也會靠近不太智慧的那一邊。

他們繼續開著車，繼續在大雨中前行著，沒想到，當他們離開了城市，雨變小了，再過一會兒，他們更靠近山了。奇妙的是，當他們開到那位於島的東北方、長年大雨的目的地時，天空放晴了。整個天空變成單純的藍色，就像小時候拿起的水彩一樣，很純很純很純的天藍色，天空竟然沒有一片雲。

你以為你知道的，但你其實不一定知道；你擔心的未知，未必都會發生。

他們下了車，還發現，哇哦，太陽好大，皮膚上的感覺是灼熱的，剛剛那場大雨，那場幾分鐘前才經過的傾盆大雨，好像一場夢。

當他們來到貓咪村的時候，貓咪村村長出來迎接他們。但村長沒有說話（因為他是一隻貓），他也沒有看他們。為什麼呢？

因為他眼睛快要閉上。

他想睡覺，可是因為他是村長，必須歡迎這三位來自遠方、車子很明顯才經過大雨的三位貴賓。

貓咪村的村長好想睡覺，但這一點也不妨礙他歡迎人的心情，他還是把他的事情做得很好，儘管他很想睡覺。

這位先生和女兒還有妻子，很開心地圍著村長合照，因為是村長啊，不是常常有機會跟村長合照的，所以他們非常開心跟村長在一起，尤其是在睡覺的村長。不是常常有機會跟睡覺的村長合照的。

接著，他們看到貓咪村的其他村民——大家都很想睡覺。可能是因為下午的關係，也可能是因為樹蔭涼涼的，同時他們還聽到火車咔啦咔啦咔啦的聲音。哦那個咔啦咔啦聲可能也會讓人家想睡覺吧，聽起來很像是一種催眠的聲音。

他們三個人在貓咪村裡走著逛著，發現貓咪村有好多貓咪啊，但貓咪村的村民都沒有跟他們說話，他們完全沒有聽到貓咪的叫聲。每一位貓咪村的村民，都正在用他們的創意，用他們獨特的想法，創造不同睡覺的姿勢。這會不會是這個村子的生活特色呢？還是他們獨特的迎賓禮儀呢？

總之，貓咪村的村民們，大家都昏昏欲睡，有的當然已經睡過去了，除了村長，有一位貓咪村的村民也來歡迎他們。他在哪呢？他在車站大廳的木椅上。

木頭的椅子是由一片一片的木片所釘成的，感覺非常久遠，表面都已經磨得有一些痕跡，可是由於這些痕跡，讓這椅子看起來更漂亮，坐起來更舒服了，為什麼呢？因為有很多很多人的屁股去精心打磨，讓這張椅子變得更適合坐，更適合睡覺。

這位村民躺在這舒服的椅子上，他的身體平躺著，兩隻手靠向牆，頭朝向角落的位置，唯一露出來、跟大家打招呼的，是他的尾巴。

他的尾巴非常有趣，他的尾巴非常靈活，上下擺動著。貓村民雖然在睡覺，可是他的尾巴好像是有生命的（確實尾巴也是有生命的），但這尾巴格外有生命力，就好像正在表演一場現代舞，非常自在，非常自由，非常無拘束，非常流暢，不斷地、不斷地、不斷地扭動著、扭動著。

這位先生和他的女兒就跟「貓尾巴」聊天。貓尾巴不會說話，但貓尾巴會跳舞，貓尾巴用他的舞姿來跟他們聊天。

貓尾巴說：「這裡很舒服，這裡很好，這裡很好睡，你們怎麼不睡呢？你們來到貓咪村就可以睡一下，不要那麼累。大家都說要認真，有的人會在『認真』的後面加上工作，但在我們貓咪村，我們都很認真，我們認真地睡覺。我們認真地好好睡。我聽說你們有些人類不太會睡覺，每天都失眠。說起來，你們真是辛苦啊！」

這位爸爸聽了，覺得很有道理。

貓尾巴繼續說：「睡覺很好，睡覺很健康。你知道每天在這個世界，都有很多細胞會磨損，有很多細胞會死去，也有很多細胞需要修復，而修復的方式就是要靠睡覺。睡覺才能讓我們有機會修復這些細胞，睡覺才能讓我們身體健康，睡覺才能讓我們的壓力被釋放，睡覺才能讓我們真的作夢，讓我們在美夢裡飛翔跳躍。」

這位先生，一邊聽著貓尾巴講，一邊看到窗外，遠遠的，是什麼呢？哦，有一個白白的物體飛過去，是白鷺鷥！

「哎，白鷺鷥也來到貓咪村了嗎？」他問貓尾巴。

貓尾巴說：「當然囉，貓咪村是非常悠閒的，所以白鷺鷥也移居到這邊來啊，白鷺鷥很好，白鷺鷥也很悠閒，白鷺鷥也是我們貓咪村的村民了。」

這時候，女兒拉拉爸爸的手說：「爸爸，我們要不要繼續往裡頭走啊？」

他們就爬上長長的樓梯，有一點陡，有一點斜，走過長長的橋，橋底下呢，就是我們剛剛說的火車鐵路，他們越過鐵路的上方，走進了貓咪村的深處。哇哦，可以看到更多的村民，可以看到更多村民表演睡覺，每一位貓咪村的村民都在睡覺，沒有人不守規矩的，沒有人在該睡覺的時候不睡覺。

沒有貓不會睡覺。

沒有貓會不睡覺。

這時候他們看到有一隻貓，正在樓梯上吃飯，用一個有漂亮白色小花裝飾的瓷盤吃飯。

他們走過去跟他說：「你好。」

這位貓村民嘴巴正在吃東西。嘴巴有東西的時候，說話不太禮貌，所以他沒有說話。他繼續吃東西。吃完飯之後，貓村民整理自己的儀容，因為他們非常有禮貌，所以遇到客人的時候，更是要好好地打理自己。

這時候這位先生和家人們想到一件事，貓咪村會有老鼠嗎？

吃飽的貓咪村民回答：「老鼠，嗯，我們都會幫他們忙啊。」

「為什麼貓咪會想要幫老鼠的忙呢？」他們好奇地問。

貓村民說：「因為我們睡很飽，吃很飽，我們很快樂，而助人為快樂之本，為了要得到更多快樂的本錢，我們就會幫老鼠。」

「可是……」這個女兒提出疑問：「可是貓咪不是吃老鼠嗎？」

貓村民說：「哦，在我們這裡，不太做這件事情，因為有點……呃，不太好……不太好的意思是，我們的飯很多，我們都吃很飽，我們的糧食很充足，實在沒有必要再去傷害老鼠。我們比較喜歡的，比較在乎的是，快樂。如果老鼠快樂，我們也很快樂。」

「哦～是這樣嗎？」這位女兒問。

貓村民臉上有一抹神祕的微笑：「說起來，你們覺得聽到我說話，說不定是你們的大腦自己在跟自己說話。說不定你們心裡已經有答案了，只是你還沒有找到。」

「什麼叫有答案，卻還沒有找到呢？」這位女兒問。

而貓村民說：「多數的事情都是這樣的，多數的事情也許不是看起來那樣，多數的事情都是因為心情，多數事情的答案其實都是心情。你以為我在跟你說話，說不定就是你在跟你自己說話；你以為你在聽故事，說不定，你就是講故事的人。」他說完，就閉上了眼睛，睡著了。

○

「貓咪村真是一個好地方啊，好像有很多哲學家呢。」女兒下了這樣的結論後，就牽著爸爸的手，拉著媽媽的手，走上回家的路了。

時空旅人之友的故事

「大家好，我是盧建彰。今天要來說我朋友『天能』的故事。」

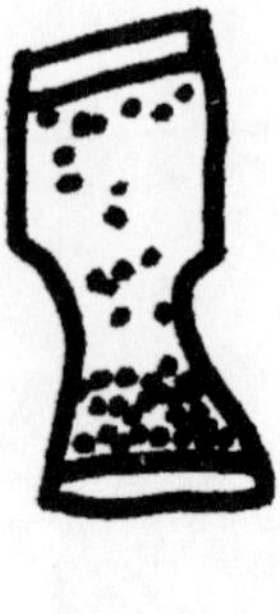

有一個人叫「天能」。

他不知道他叫這個名字，這名字只有我們家的人知道，因為是我們取的。

每天早上，當我們載女兒往學校的路上，我們都會遇到他，他走在人行道上，常常在我們車靠近時，他會突然轉身，開始倒退走。

我們總是一陣驚呼。

而且，幾乎每日重複，成為我們每日上學的風景。

我總是說，當「天能」轉身的時候，時空的門就打開了，正在前進的我們將去到未來。

只要給我一分鐘，我就可以帶你去一分鐘後的未來。

我是時空旅人，的朋友。

當我說完，女兒總在車後座笑，和我一同前去。

放學前的故事

〈放學後〉

每天放學時我只要一聽到「叮叮叮」，我就會開心地揹起書包，用最快的速度跑下樓，開開心心地和同學說：「拜！」

我開心地跑向爸爸和媽媽，抱著他們，有一股溫暖的感覺，我們手牽手一起走向車子，在路上一邊說著學校發生的事，一邊問媽媽今天的點心是什麼，一邊看著他們的笑容，還有什麼事是比這更快樂的呢？

到了家後，我總是會看到桌上有一盤一盤的水果在等著我，就像在對我說：「吃我！吃我！」有時是果肥汁甜的芒果，有時是鮮紅透亮的蘋果，有時是可口美味的鳳梨，但不管是什麼水果我尸都覺得很美味！

我寫完作業後，就是我的自由時間了！我一寫完作業，我就會大喊：「我寫完了！」這時，爸爸和媽媽就會異口同聲地說：「好棒喔！」我就可以去看自己想要看的書，我每天看的書都不太一樣，有時是有趣的漫畫書，有時是緊張刺激的小說，我都非常喜歡，我覺得躺在床上看著自己喜歡的書，就是最棒的了。

不管是和家人說學校的事，還是吃美味的點心，或者看自己喜歡的書，我都覺得我是世界上最快樂的小朋友了！多希望時間等等我，讓我多享受一下這些幸福的時光。

——盧願

「大家好，我是盧建彰。今天要分享的故事是『放學前』。放學前當然是相對於『放學後』，放學前發生了什麼事呢？」

○

《放學後》是作家東野圭吾滿知名的作品，那麼放學前呢？

為什麼要講放學前的故事呢？

因為我有一個朋友她會去上學，她很好奇，當她去上學的時候，爸爸媽媽都在做什麼？今天就為她說明一下。

放學前，有一個爸爸，他早上醒來，他睡得並不好，因為前一晚他擔心著某位家人的健康，擔心著檢查的報告，他睡不好，但他還是起床了，而且是在天還沒亮的時候就起來了。他看著天還沒亮，起來後，看著世界慢慢地就要醒過來，時間是五點多，他覺得有點疲憊，但是他猜自己應該也睡不回去了。他開始運動，但這運動也不能太多，不能多到汗流浹背得去洗澡的那種程度，因為他怕待會女兒就要起床了，他們要準備出門上學去。

他運動了一陣子之後，女兒跑出來了，穿著小學生的制服，跟他打招呼，爸爸摁下了煮水的熱水壺，跟女兒說：「我去拿報紙給你看。」爸爸出門坐電梯下到一樓，從信箱拿出兩份報紙，一份是爸爸的報紙，一份是女兒的報紙。

他拿著兩份報紙上樓，女兒已經坐在自己的座位上，倒好了牛奶，拿好了麵包，準備要看報紙。爸爸把報紙拿給女兒之後，洗洗手，沖咖啡，他拿出從家鄉買來的咖啡豆，這支咖啡豆據說是非洲之王，「水仙」，應該是二〇一九年非洲水洗競賽中的冠軍豆，但價錢並不昂貴。很多好的東西，其實並不需要花很多錢，只是需要你多用一點點心，你就能夠認識它，享受它。

量了十五公克的咖啡豆，放進了磨豆機，摁下開關，有時候他會請女兒幫忙，在咖啡豆磨成粉之後，幫忙將磨豆機摁停。這位爸爸拿起磅秤，放上咖啡壺，再放上濾杯與濾紙，用熱水澆了一下濾紙，再把那些水倒掉。放上磅秤歸零之後，倒進咖啡粉，這時他問女兒，十五乘以十五是多少呢？

女兒四年級，正學到兩位數乘法，女兒回答他之後，爸爸微微笑，開始手沖咖啡。沖三十秒，沖到五十公克之後暫停，等待時間到三十秒，讓空氣可以跑掉。接著繼續沖，緩緩地，不斷地繞圈，繞著咖啡濾杯。這動作常常讓這位爸爸感覺自己像行星一般，而他很明確知道，他心中的恆星可能是女兒。雖然他從來沒有這樣對女兒說過。

作為行星爸爸，手沒有停過，緩緩地，有節制地，有節奏地，仔細地，用心地，緩緩在濾杯裡繞著圈。熱水隨著他的手勢緩緩注入濾杯裡，因此有了一個咖啡色的湖泊，反映著天空的模樣，更像一面鏡子，反射爸爸臉上的表情，是平靜而且滿足。

看著數字來到二二五，爸爸放下熱水壺，咖啡繼續滴入咖啡壺，他拿起濾杯，放到一旁，接著拿起另外一個杯子，擺到自己的位置上，坐下，和女兒一起看報紙、喝咖啡、吃早餐。

通常這時候媽媽已經從房間走出來，把前一夜晾乾的碗盤放進櫃子裡，接著同樣坐下。

三個人以等邊三角形的方式坐著，面前是各自的早餐，還有各自眼中的兩位家人。一個人有兩個眼睛，一個眼睛裝一個家人，每個人都有兩個眼睛，每個人的眼睛都分別裝了兩位家人。

吃完早餐後，爸爸會抬頭看一下時鐘，問女兒需不需要綁頭髮？女兒會說需要，這時候爸爸會幫忙拜託媽媽幫女兒綁頭髮。爸爸起身，穿上衣服準備出門，出門前他會幫女兒噴防蚊液，因為女兒過敏。

對什麼過敏呢？對蚊子的口水過敏，所以他必須幫女兒噴上防蚊液，然後出門，進電梯，上車。

開上車道時，爸爸選擇今天早上的音樂。有時候是 Taylor Swift，有時候是柏林愛樂的交響樂，有的時候是 Radiohead，看爸爸今天的心情怎麼樣。

在路上，他們會看天空的小鳥，他們會看地上的狗狗，附近音響店養了一隻柴犬，常在早上的時候偷溜出來溜達，他們就看見牠跑向河邊的步道，自己一個。他們會跟柴犬打招呼，柴犬看著他們好像認識又好像不認識，繼續開心地溜達。他們會討論柴犬，他們也會討論走在路上遇到他們就會倒著走的「天能」。

那是一位先生，他每天早上都會在這個時間散步，每一回他們都會遇上，每一回都會發現這位先生在遇上他們的時候，突然轉身，開始倒著走。他們總開玩笑說，時空的大門在這時候打開了，他們會潛去另外一個地方，潛去下一個時空，不同的時空。

爸爸喜歡說他是一個時空旅人，只要你給他一分鐘，他就可以帶你到一分鐘以後的時空。

開著車靠近了學校，這時候爸爸會找路旁比較安全的地方，把車靠近，打了方向燈，轉頭跟女兒說下午見，媽媽會下車打開女兒那側的車門，女兒爬下車前會說聲拜拜，揹上書包，和媽媽走向學校。媽媽會站在路口，看著女兒走斑馬線過馬路，走向學校大門口，之後再回到車上。

放學前的一天開始了。

爸爸會和媽媽聊天，他們會走跟上學時有一點點不同的路線回家，天氣如果許可的話，有時候媽媽會用走路的方式回家，爸爸自己把車開回家。

但如果天氣不適合，爸爸和媽媽就會在路上一起開著車聊聊天，在停紅燈的時候，爸爸想著今天要做的事，今天要做什麼呢？今天的工作是什麼呢？

回到家，爸爸繼續把早上還沒看完的報紙看完，看完之後，通常會拿出本子來，寫下前一晚睡前讀的書，寫下他對那本書的感受，他喜愛那本書的什麼地方、什麼感動、什麼啟發。其實，寫下的都很簡單，但也很不簡單，因為至少要看完書。但相對於寫書的人而言，看書的人是輕鬆愉快而且享受許多的。

寫完之後，爸爸會開始今天的工作。他今天工作是什麼呢？今天的工作是要把寫好的詩交出去，這工作是爸爸「自找的」。

有一位藝廊的主人問爸爸，最近有位陶藝家想要辦展覽，問爸爸願不願意跟他跨領域合作？爸爸很久以前就學會一件事，當有意思的人邀請你做某某事的時候，你只需要說「好」，當你說「好」，有意思的事就有機會發生。不需要考慮太多。當你說「好」之後，你就會為了讓那個「好」真的發生，所以做出許多你原本不會做的事，或許原本也不一定想得到的作品。

這次也是。

他跟這個藝廊的主人說，他有個想法。因為這位藝術家的作品，是把破掉的陶器合在一起，看似破碎的，但其實依舊有用，依舊可以符合人們生活的需要，未必就是一個必須要被丟掉、拋棄無用的東西。

爸爸說，剛好他之前幫一個心智障礙者的基金會拍過片，或許人們看待心智障礙者，感覺他們似乎相較一般人的智力沒有那麼高，身體也有一些障礙，從世俗的角度看，好像有那麼點殘缺，但會不會這殘缺，只是不一樣呢？

我們只是不一樣，我們彼此不一樣，而在什麼樣的領域最能夠接受不一樣呢？在藝術的領域。

所以這位爸爸說，可不可以邀請陶藝家陪伴這些心智障礙的夥伴創作陶藝，然後拍成影片？因為這位爸爸平常是拍片的。

然後，藝廊的主人跟藝術家說，藝術家一聽到也說好；然後，再跟基金會的夥伴們提，他們也說很棒，因為他們也希望這些特別的孩子們能夠有不一樣的生命經驗，所以這件事情就發生了。

十二位孩子做了十二件作品，拍了一支片。此時，這位爸爸說，哎那我平常也會寫詩，我可以來為這十二件作品各寫一首詩。當他說完之後，他就後悔了。但一切都來不及了，因為大家都說「好啊」。

當別人說「好」的時候，當別人開心地說「好」的時候，你會希望那個「好」能夠真的發生，就會想要好好地去做它。

而通常這樣結果，都不至於不好，通常都還好，甚至有時候還滿好的。

過去的兩個禮拜，這位爸爸都很努力寫詩。他看著每位孩子——雖然說他們是「孩子」，其實他們有的已經二、三十歲了，只是他們的智力大約是一般人五、六歲的程度，這種天真活潑無邪的模樣，讓大家習慣稱呼他們為「孩子」。那是一種尊敬，那是一種喜愛，那是一種佩服。

這位爸爸每天看著這些孩子的臉龐，看著他們手上捏出來、各個都不同的作品。這爸爸很努力很努力很努力地，一個一字一個字地把它寫下。

今天是寫詩收尾的一天。爸爸找出印泥印章，用古代的方式，在詩作後蓋上章、簽上名，全部做完之後，攤擺在地上。

他有個想法，叫做一年十二個陰晴圓缺。我們常覺得生命有所破碎，不完整，但會不會其實就跟月亮一樣，本來就是有圓有缺，有陰有晴？你需要不止接受它，甚至應該欣賞它。

但是今天早上，出了紕漏。

當他把所有詩作攤開來擺在地上的時候，三個一排、三個一排、三個一排，總共有四排，他算一算，三乘以四——他習慣性地想要轉頭問女兒，但女兒並不在——三乘以四是多少呢？十二。

不對呀，他為這十二件作品寫了十二首詩，另外又寫了一首詩呈現這個系列的想法「一年十二個陰晴圓缺」，所以十二加一，應該是十三呀，那為什麼地上只有十二張稿紙呢？

爸爸非常緊張，他重新確認，看呀看、數啊數、對呀對，終於發現，他少寫了一位孩子，他少寫了一件作品，他少寫了一首詩。在他把所有作品蓋好章，印泥也乾了，字也簽好之後才發現。他有點懊惱。

但這懊惱很好，總比沒有發現好，總比一切都來不及好。

他又趴回桌上，拿出他的鋼筆，認真地一個字一個字一個字，慢慢地寫終於寫好了。當他工作完畢，時間也來到中午，他問媽媽，有沒有什麼計畫，願不願意跟他去吃麵線呢？

媽媽說：「哦，這麼突然？」

爸爸說：「對啊，因為想到媽媽你很久沒吃。還有我昨天沒有睡好，可能需要你陪我一起出門開車，比較安全，心裡會比較踏實。」

媽媽說：「好啊，但可能要等一下，我還需要一個小時為明天的演講做彩排。」

爸爸爽快地答：「好，沒問題，我這首詩也還可以修。」

終於，兩個人各自完成了手上的工作，愉快地出門，在路上繼續討論著最近發生在不同家人身上的事，有的令人擔憂，有的令人開心，有的令人發笑，有的令人嗯……不知道如何是好，只能沉默以對。

生命有些時候，只能用另一段生命去對話。而那句話是無言。

他們到了賣麵線的地方，吃著並不昂貴的麵線，但是心裡很滿足，兩個人好像回到還沒結婚前、仍是男女朋友交往的樣子，四處找尋美味小食，好作為約會的理由；但更大的滿足是兩個人已經結婚了，依舊可以四處尋找美味小食，而且還有了屬於自己的孩子，而且這孩子也像小天使一樣，眷顧著他們。

吃完麵線後，爸爸提議：「要不要再去吃粉圓啊，因為這是一個套裝行程，而且媽媽你應該沒有吃飽吧？」媽媽微微笑說：「被你說中了。」

這時候，爸爸突然想到，哎，待會要拿東西去給藝廊主人，問他想不想吃這麵線。他拍下了麵線的照片，用 LINE 傳給主人，主人看了非常開心，馬上答應說好。

朋友之間有時候不用送巨大昂貴的禮物，但是在對方需要的時候，送上一碗小小的麵線，滿足對方也滿足自己，那種滿足可能更扎實；比昂貴的禮物來得更靠近日常，更靠近生活，也更靠近生命，那才是完整的一天的樣子。

爸爸和媽媽開著車，橫過整個城市到藝廊，主人跟爸爸說明接下來這個展覽的作法，也順利把手上的詩稿交給藝廊主人。回程，換媽媽開車，爸爸坐在旁邊，幫忙選音樂，他選了三十年前，一九九四年 Portishead 第一張專輯。

他們在路上聽著，討論著，最近體育界的事情，因為他們兩個都是運動迷，講起大谷翔平的「50-50」，單季五十支全壘打，五十次盜壘。這真的很困難，因為當你全壘打時，其實你的打席就無法盜壘；還有，這兩個數據對球隊的幫助是很大的，都是直接會帶來分數。

在路上，爸爸忽然想到，對了，有朋友想要看小川洋子的散文集《總之，去散步吧》，前陣子爸爸在二手書店裡找到這本絕版書，得趕快去郵局寄給對方。於是，媽媽在郵局前讓爸爸下車，獨自把車開回家。

在郵局寄出書時，爸爸想，雖然沒見過這位朋友，但會喜歡書的人，應該不會是壞人吧。並突然想到，這本散文集應該搭配另一本短篇小說集看。爸爸在讀的時候，發現散文集裡、作家在日常裡遇到的事情，後來竟被她寫到了虛構的小說《睡在掌心的舞台》裡頭。

那篇故事非常有趣，大意是說，有一個太太騎腳踏車被不小心的貨車撞傷了，賠償的金額很多，大概夠在日本買一台小型汽車，但她把這筆錢全部拿去買同一部舞台劇、所有場次的票。所以她就每天不斷地、不斷地、不斷地去看那部舞台劇。她發現，雖然是同一部舞台劇、同一群演員，可是因為是舞台劇。每一次都略略不同，有時候演員會忘了台詞，只好臨場反應，其他人跟著要即興發揮，或者在過程裡面掉了道具，而其他演員必須要即興掩護，所以又會有不一樣的表演，這是一個非常獨特的觀劇經驗。

爸爸想，會不會這世界上的每一件事情都是有趣的呢？

就算是不斷重複的舞台劇，可能都有不同面貌，更別提我們的生活，雖然看似日復一日，但每一天其實也都不一樣，不是嗎？

覺得無聊的人，可能只是自己無聊，不夠用心觀看，而不是生活無聊。

爸爸跟媽媽回到家，發現再過一會兒，女兒就要放學了，他們就要去接她了，這就是放學前的故事。

他們把放學後的水果準備好，再度出門，開心地迎接即將放學的女兒。

這或許是一天裡頭他們最開心的時刻，因為又可以看到可愛的女兒。

他們滿心期待著，就像要去遠足的小學生一般。儘管他們是爸爸和媽媽。

「這是放學前的故事，希望你喜歡。」

八百條牛的故事

「大家好，我是盧建彰。你看過『八百條牛』嗎？今天要和你分享這個故事，和八百條牛有關，也和我自己有關。」

二十三年前，我剛剛勉強爬進信義區的紅色廣告公司，看到周圍得獎無數的創意部同事，我是年紀最小、資歷最菜的，常常覺得壓力大，喘不過氣，無法呼吸，尤其當時候被指派的品牌是Nike、左岸咖啡館，都是前人有精采作品的。我一個剛到台北工作的台南小孩，常自覺資質駑鈍，跟不上，想法被創意總監拒絕時，也很想一邊哭一邊跑回台南。那時候，我回家都搭客運，因為最便宜。但我不常回家。

剛剛開始工作，我的薪水不高，住在吳興街和北醫學生同住，他們住套房我住雅房，在信義計畫區吃飯，常常捉襟見肘，直到後來發現一家滷肉飯便宜，天天去吃。老闆看我每天都到深夜才下班，問我是不是做美髮的。我沒有多餘的錢搭客運回老家。

那時候，我看到一張平面廣告，作為小文案，當然隨時都在留意廣告。那張廣告上，白色底上有漂亮美好的毛筆字，墨色勁黑，筆法雄渾跳躍，寫的是「八百條牛」。

我覺得這寫得真棒，head line，頭上的線，標題。剛剛入行進入外商廣告公司、不是廣告本科系的我，才在幾個月前學會這些英文專業術語，自以為地，看著「八百條牛」標題佩服並分析著。我的老闆說，創意的品味要在不斷地觀察並分析中培養。

這頭上的線，完全抓住了我的注意。小時候聽過八百壯士，那「八百條牛」是什麼呢？

細讀裡頭的文案，我們稱為 body，身體，以這來說，就是「八百條牛」的身體。

欸，講的是家庭故事，三代間的關係，我想起我家。

媽媽車禍腦傷失智後，失散近十年的阿公阿媽回到安平老家，幫忙我父親照顧媽媽，但阿公在我退伍的那年也失智了。我獨自跑到台北工作，看似出外打拚，暗地裡恐怕也有逃避現實的嫌疑。

我每天都想回安平老家，因為台北的食物和雨天，我適應不良。

我每天都無法回安平老家，因為廣告業那時只有台北有，我想做出作品。至少做出作品再逃回去。

我繼續看「八百條牛」的身體，那是吳念真導演的作品。

哇啊，吳念真耶，我父親的偶像。他主持的《台灣念真情》，使我們在痛苦多難的境遇中，稍稍藉認識「新奇」的台灣人情味逃開。說「新奇」是真的，我們對台灣認識好少，儘管超會背誦中國東北一年幾穫，從廣州到哈爾濱搭火車要接哪幾條鐵路，卻不知濁水溪和鹽水溪哪個較北邊。吳念真的每本書爸爸都有買，電影《多桑》是全家去看，還買了電影原聲帶。全家每年過年的儀式，就是在除夕夜看吳念真導演的保力達賀歲廣告。

那位在我們家如同偶像般存在，雖然不認識，但卻充分理解我們家被欠債牽連、車禍意外苦難連連的吳念真耶；那位曾經做過廣告文案，因此讓退伍不知道做什麼、迷惘徬徨的我，因此決定做廣告文案的吳念真耶。

噢，我想著，我一定要去看「八百條牛」。但我沒有錢。

繳完房租，我的薪水還要負擔晚餐那一碗滷肉飯加一碗湯，畢竟，午餐得在信義區的百貨公司美食街和同事們一起吃，那再怎麼樣都省不了太多錢。爸爸已經不要我拿錢回家了，儘管我知道，我們家確實需要。

我想到，我來台北工作，不就是為了靠近一點文化氣息嗎？小時候在台南，總是欣羨著所有的文藝表演活動都在台北，怎麼真的來到台北了，卻從沒去看過劇場？從沒去參與那些我以為的藝文活動呢？

我當然知道這問題的答案，但這答案讓人有點難堪。

儘管我會去敦南誠品的樓梯間往廁所處，把那長桌上的藝文活動酷卡單張，全都拿著讀過一遍；把免費的《破報》從頭到尾讀過，每場表演的內容都在視網膜和腦海間流動過一次。但我沒有去劇場看戲。

我培養我對創意文案的品味，但對那文案所要描繪宣傳的戲劇本身，我卻沒有到場。

因為我想我沒有錢，我想，等我有錢時再去看吧。

但這次我看著「八百條牛」，我心想，我在廣告公司裡覺得自己資質駑鈍、創意能力不足，會不會不是因為我沒有錢呢？

真正的原因，是不是因為我只有讀文案不夠，我應該去靠近真正的藝術本身，好讓我才真的比較有機會好一點？

藝術是影響人心的，那在追求影響力的我，不是應該直接浸進去嗎？

雖然我沒有錢。

最重要的是，「八百條牛」是吳念真的，那個吳念真啊。

於是，我去看了「八百條牛」。

當然，我不是到了劇場外頭才知道那不是「八百條牛」，是在廣告公司的隔板間，和親愛的同事講起，也一如接著的二十三年我持續鬧的笑話一樣，大家都笑得好開心。

那頭上的線不是，「八百條牛」。

那是，人間條件。

對，我印象中，那時，可不是《人間條件一》。

因為，還不知道會不會有「二」。

過了那天，我好像有點知道，影響人心的，不是你有多聰明，而是你有多靠近人心，接著的二十三年，我試著那樣做。

另個跟這戲有關的是，我有了女兒。

女兒這幾年看了《人間條件五、六、七、八》，也曾在觀眾席看到白頭髮的演員走到舞台中央，突然指著台上大喊「柯導耶」，引來一陣竊笑。

也幸運地和我們家族的偶像吳念真導演同桌吃過幾次飯。我望著低頭吃菜的女兒，心想，「你不知道你天上的阿公會多麼羨慕你啊」。羨慕我女兒的同時，有時我難免也會想，終究我女兒還是，錯過了。

就像不會對現代年輕人輕易說出口的，你沒有高中時期坐在腳踏車上，望著路邊體育用品店的電視，看喬丹的NBA總冠軍賽，你不知道你錯過了什麼。

你們還在討論誰是GOAT。而經歷過喬丹、柯比、詹姆斯、咖哩……的我們，連想都不用想。

噢，那個美學，差太多了。當然，我們也不會跟年輕的你爭辯的。

不是你的錯。

但你錯過了。

你知道，世界上有些事物，就算你拿出一千萬元，依舊無法再次經歷。

我阿媽的滷麵、我爸的憨直微笑、我媽給我臉上滾燙的巴掌，都是。

同樣的，我女兒錯過了。她錯過了《人間條件一》。我為她感到可惜。

直到昨夜。

她竟然看到了，《人間條件一》，重返人間。

阿媽重返了人間，二十三年前的我也重返了人間。

二十三年前的我坐在我身旁，看著我——

微微笑。

我看了右手邊的妻，再看一眼我女兒，接著對二十三年前的我說：「怎麼樣？沒錢的你，想不到吧？」

二十三年前的我微微笑，回我：「你也想不到，八百條牛。」

八百條牛。

熱水的故事

「大家好，我是盧建彰。今天要跟大家講一個，關於說謊的故事。」

◌

有一個小朋友，他騙爸爸媽媽。他騙爸爸媽媽說，他去學校讀書，但其實他都沒有在讀書。

他都跟同學去打籃球，因為打籃球比較好玩，讀書很無聊。他去哪裡讀書呢？爸爸媽媽以為他去學校的圖書館讀書，每天。

他每天從家裡騎著腳踏車，沿著河往前騎，前面是太陽，亮閃閃的黃色光照著，馬路也都是黃色的，應該說是金色吧。

然後，可以看到水面上也是金色，他在一片金色裡低頭看自己的手，也變成金色的。充滿了希望，充滿了陽光。

他迎著陽光往前騎，因為學校在東邊，好像迎著陽光走，事情就會變得光明燦爛起來。就算是放學，他也是迎著陽光走，為什麼呢？因為學校在家的東邊，也表示家在學校的西邊。所以當他回家的時候，他一樣朝著陽光，朝著太陽的方向前進。這時候就會發現，原來日出跟日落其實看起來很像，一樣是金色的，一樣充滿了希望感。後來，這小朋友就把這件事情放在心上，如果說日出跟日落一樣的話，那麼，日落就有機會可以變成日出了。是吧？

每天，他一邊騎腳踏車，一邊想這件事情，一邊去學校的圖書館讀書。或者說，把書包放在圖書館的桌上，然後和同學去打籃球，打一整天。

有一天，他跟前一天一樣，也跟大前天一樣，跟上禮拜一樣，在籃球場跟另個同學投籃。因為是中午，太陽很大，所以球場上沒有人，只有他跟這位同學。

遠遠的，他看到球場旁邊、PU跑道鋪成的操場，非常開闊，他繼續投籃，球落下，啪，同學再把球傳給他，他再投籃。那時候投籃，大家都會自帶音效——當球離開手，嘴巴就會說「唰——」，寫起來像「唰」，但念起來是「chua」，那是球投進籃框後，沿著籃網發出的聲音。但是不管球有沒有投進，奇妙的是，那時候的少年，嘴巴會自己配音，配上一聲「唰——」。

在一聲一聲的「唰——」中，少年看到遠遠的，在大太陽底下，遠遠的有一個很小很小的人影，從遠方的校門口走來。他不以為意，只是心裡納悶，這麼大的太陽，誰會像瘋子一樣，來到這個只有操場跟球場的地方呢？當然，他心裡同時也意識到，自己是個瘋子。

人影黑黑的，因為太陽很大。而因為太陽很大，甚至感覺遠方的景物都有點蒸騰感，飄啊飄的，一切都糊糊的。太陽太刺眼了，看不清楚人，尤其遠方看起來就像剪影一般，像我們用鉛筆在紙上畫的火柴人，黑黑的只有線條，沒有五官，沒有細節。

遠遠的，他看到這個小黑人繼續走近，離自己應該還有一、兩百公尺吧，他繼續投籃。同學把球傳給他，他再投，「唰——」，他又再投籃，「唰——」，同學再把球傳給他。

遠處，寬大的操場，中間有綠草地，旁邊有紅色的ＰＵ跑道，跑道上，印上了白色的跑道線，這是一個綠色以及紅色的背景。在陽光底下，綠草地顯得過分地綠，而那紅色也顯得過分地紅，白色當然是那麼地顯眼。

他看到那個小小的黑色的火柴人，從遠處已經慢慢走到操場上，他想，可能是學校的工作人員吧，因為他始終看不清楚對方的長相。漸漸的，他眼角瞄到，這個火柴人，走上了跑道，繼續往前筆直地走著。

他不在意，他接過同學的球繼續投籃。他決定要開始認真地投了，他瞄準籃框，除了「唰——」之外，他希望這球可以進。不知道為什麼，他就是希望這一球可以進。就好像那個即將到來的考試，對他而言，非常無聊，非常無趣，但又希望自己可以pass。

感覺人生好像就是在一大串的無意義中，試著因為你在意，所以希望它有點意義，但明明你還是不知道那意義是什麼，而你卻奢求著它有意義。你甚至不確定什麼才是你覺得的「有意義」，但你很確切地知道，此刻，讀的書對你而言毫無意義，你一點也沒興趣。你並不因為多看了幾行字而感到開心，因為它們是教科書，它們不像圖書館裡其他書那麼地有趣，那麼地好玩。這些教科書恐怕也會對自己被那樣對待，感到悲傷，感到沒有意義。

這個少年，他看著籃框，他想著，就好像把一個牛皮做成的圓形物體，在其中灌上氣體，這件事情本身也已經夠無意義了。然後你再把它丟進一個直徑大略是這顆球的兩倍、由鐵製成的圓圈裡頭，這個行為，這個動作，這個人們約定而產生的遊戲，好像也很無意義。但在這個當下，如果可以把這顆圓球，丟進那兩倍大的圓圈裡頭，好像那孤注一擲就會讓一切有意義起來。

少年這樣想。

大太陽底下，白色的木頭旁邊有紅色的線，在這一大塊白色木頭中間，有一個紅線劃成的方框，方框邊緣的下方，有一個由黑色的鐵器鑄成的圓形圈圈。這少年手上捧著球，凝視著那個圓圈圈。

有一種奇怪的感覺，好像要把自己的整個人生給投進去一樣；好像只要投進了這一顆球，自己的人生就會有意義。

他想到一個字眼，「投入」。

人們常說為某件事情「投入」許多，那如果他可以把自己人生「投入」那個圈圈裡，會不會，每天覺得的那個「無意義」，就會變得「有意義」？他當然知道不是這樣的，但是他也希望可以是這樣的。所以他看著那個圈圈，他聚精會神，他吐了一口氣，長長的，再吸一口氣，屏氣，然後，把球投出去。球順著他的指尖滑出的同時，他的手腕用力往下壓，好藉由手指跟那圓形的球面產生的摩擦力創造旋轉。

據說這個旋轉，可以讓圓形的球體在碰到那個框框的邊緣時，因此而轉入。

他一直很好奇，這是真的嗎？真的有人去實驗這件事情嗎？還是跟他一樣，只是單方面地，想像這件事情會達成，想像這一切的有意義，是藉由自己賦予它意義。

球在太陽底下飛翔著，速度有點慢，他不知道是自己的感覺，或者說錯覺，他覺得這顆球飛向那個圓形框框的路徑變長了。當然你也可以說是時間的流動變慢了，他想像著，如果球可以「投入」，他之前的「投入」就會有意義，或許他就也會「投入」另外一間學校——儘管他對於會是哪一間學校，根本毫無所悉，也沒有什麼誠心誠意地想要前往，單純好像只是在一個無意義中尋找另外一個無意義，然後在那個尋找裡頭，以為會有那麼點意義。

球愈來愈靠近那一個圓形的圈圈。

哦，不會進。

因為它打到了圓形的圈圈，它並不是完完全全地沒有碰觸到那圈圈，掉進中央，掉進那圓圈的中央。球會彈出來，球應該會彈出來，球應該就會像過去他沒有進的每一顆球一樣，會往旁邊飛去。他心裡只能想，希望這顆球落下來，滾出去的位置會靠近他同學一點，好避免他同學得花上很多的力氣撿這顆球。就好像已經知道無意義了，可是你會希望這個無意義不要那麼地無意義，稍稍靠近有意義一點。儘管，你很明確地知道，它還是無意義的。

他在心裡頭這樣想著。就好像，他也很清楚知道，完全沒有讀教科書的他，在接著的考試後，上了任何一間學校，對他而言都是過分幸運，都是過分地在有意義跟無意義之間的縫隙裡。

他想著這件事，同時看到這球彈起來了。但是不知道為什麼，也許是那藉著指尖創造的旋轉，也許是在那當下，位置的重力場有了改變，彈得高高的球，原本應該要往外飛走的，卻往那圓心的位置慢慢地靠近；照理說應該彈出去的球，緩緩地往中間靠近。他覺得很奇妙，也覺得很奇怪，甚至在想，說不定，說不定會進哦。

說不定他的「投入」真的就會「投入」了；說不定自己一直以為的無意義，說不定是有意義的。雖然自己根本不知道那是什麼意義。

球，就這樣掉進去了。掉進那圈圈，通過了那圈圈，往地面落下。往地面落下的同時，他舉起雙臂，振臂歡呼，同時也意識到，這是唯一一次他在投出球的時候沒有配音，而這一次卻「唰——」了，雖然那個「唰——」聲不像空心球那麼響亮，但還是「唰——」了。

他心裡想，會不會自己的人生也是這樣呢？看似不順利，看似沒有意義，但其實某一天回頭看，其實很順利，其實很有意義。光這樣想，都覺得自己好像在騙自己。

太陽很大，他眼睛是瞇著的，這時候突然覺得身旁有一個黑影，正想要轉頭看是什麼的時候，耳朵旁邊卻響起了一個爆裂聲；還在想那是什麼樣的聲音的時候，緊跟著，覺得有一種熱水感，一種被滾燙的熱水燙傷的感覺傳來。可是這裡是籃球場啊，為什麼會有熱水呢？

他還在想的時候，他的大腦告訴他，這個熱水燙到的地方好像是他的眼睛下方。

太陽很大，他頭昏眼花，同時覺得，哎，會不會自己搞錯了什麼？

他閉上眼睛，再睜開的時候，他看見了他媽媽，在籃球場上。

他從來沒有看過媽媽在籃球場上，為什麼媽媽會在籃球場上？

媽媽要來打籃球嗎？

媽媽喜歡打籃球嗎？

媽媽打過籃球嗎？

他有好多疑問，他閉上眼睛，再睜開，媽媽真的在籃球場上。

媽媽為什麼在籃球場上？

媽媽到籃球場上要幹麼呢？

難道媽媽以前是籃球選手嗎？

那她一場比賽得幾分呢？

在這同時，他發現，那個熱水的滾燙感，說不定跟媽媽有關。

為什麼？因為媽媽就在他身旁。

媽媽用熱水燙我嗎？

在籃球場上？

媽媽為什麼要在籃球場上用熱水燙我呢？

那熱水呢？

哦，熱水在臉上。

他伸手一摸，臉上有熱水？

那媽媽是怎麼用熱水燙我的呢？

他看向媽媽的手，媽媽的手上，並沒有水壺啊，媽媽的手上，只有一件外套，他的外套。

媽媽在籃球場上，手上拿著他的外套，而他的臉被熱水燙到。

他試著整理眼前的情景，理性且客觀地描述。

他看向視野遠處，彷彿背景一般，他的同學，站在籃框底下，臉上是驚訝的表情。

他看到我被熱水燙到了嗎？
他臉上為什麼那麼驚訝呢？
為什麼籃球場上會有熱水呢？
他手繼續在自己的臉上摸，終於，他把一切連接起來了。
那個熱水也許不是熱水，是他自己的汗水，但汗水為什麼會讓人覺得燙呢？他想著。哦，應該是，媽媽給了他一巴掌。
媽媽說：「你不是說在圖書館讀書？怎麼在這裡打籃球！」
他回答不出來，他看著媽媽，他想了想。嗯，總不好回答打籃球比較好玩吧。媽媽把手上的外套往他面前遞出，他接了過來，聽到媽媽說：「我拿外套來，結果去圖書館找不到你，你同學說你可能在打籃球。」
媽媽轉身就走了，愈走愈遠，愈走愈遠，這時候他才意識到，剛剛看到，在大太陽底下黑色的小小的像鉛筆畫成的火柴人，越過操場走過來的那個火柴人，是他的媽媽。他摸著自己的臉，感受著那個巴掌的滾燙感。

這個巴掌，後來成為這個少年最後一次從媽媽手上得到的巴掌。

因為就在那一個月，他的媽媽車禍腦傷，手術回來後就失智了。

媽媽再也沒有罵過他，再也沒有給他巴掌過。

這是一個關於說謊的故事。

也是一個關於滾燙的熱水的故事。

我覺得它應該有意義，但我其實不太確定，我真的知道那是什麼意義。我猜，是關於圓形的東西吧。

淚水是圓形的。

人間四季的故事

〈四季〉

春天來了！舒服的涼風，讓人心曠神怡，花香撲鼻而來，公園裡欣欣向榮，蜜蜂辛勤地採蜜，蝴蝶翩翩起舞，鳥兒在枝頭上唱著美妙的歌曲，在春天吃著鮮嫩多汁的水蜜桃，讓我一口接一口。

夏天來了！藍藍的天空，加上可愛的小雲朵，真是令人開心呀！炎熱的太陽照在我的臉上，唉呀，好刺眼的陽光啊！這時，一定要去海邊，海風吹來有個鹹鹹的味道，聽著海浪聲，一邊吃著西瓜和冰淇淋，快快樂樂地玩耍，開開心心地唱著歌曲，夏天真是讓人愉快的季節啊！雖然，夏天真的很熱，但還是要多曬太陽喔！

秋天來了！涼涼的涼風吹在我臉上，不會太冷也不會太熱，在家看書剛剛好，但偶爾會下雨，只要聞到秋天的味道我就知道它來了，我吃著甜蜜蜜，口感軟綿綿的烤地瓜，還看到美麗的楓葉，有橘色的，也有黃的、紅的，每個顏色的楓葉都讓人驚嘆不已，輕輕地踩著落葉也非常療癒呢！

冬天來了！我喜歡和爸、媽一起吃著好吃的火鍋，要去上學了，媽媽幫我穿上溫暖的外套和毛毛的圍巾，冬天大家都穿得圓滾滾的，看起來好像一顆顆的小毛球，「好冷啊！」「冷冷冷！」大家滿口都是冷，我一回家，媽媽已經煮好了火鍋，我吃著酸菜白肉鍋，我開心地說：「冬天這麼冷一定要吃火鍋！」爸爸也開心地說：「是啊！」

——盧願

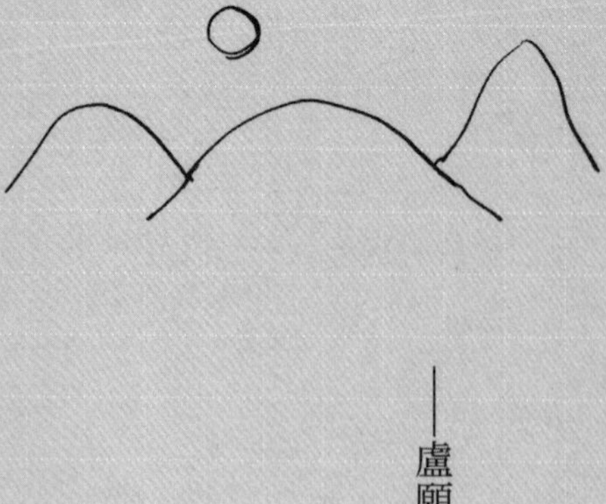

「大家好，我是盧建彰。今天要跟大家講一個關於四季的故事。」

◌

我有一個朋友，他曾經在總統府工作，工作將近八年。他曾經跟我說過一句話，我覺得非常奇妙。

他說，在總統府工作，一天很長，但一年很短。

一天很長，因為發生了許多事情，不斷地不斷地在處理事情，會覺得一天從早到晚發生好多事，而且每件事都非常不容易處理。他說，感覺就像在一個工廠的裝配線上，輸送帶快速地，嘩嘩嘩嘩地動著，不斷地送來許多許多不一樣的工作，你要快速地動作。有些一看，啊缺眼睛，趕快裝上眼睛；有些缺了手，來！快裝上手；有些啊怎麼什麼都沒有，你還在想這個娃娃到底是人還是狗，但你就是得立刻動作，不然就來不及了。他說真是千絲萬縷，真是非常複雜，而且每件事都很急迫，每件事都有時效，都得立刻處理掉。但也不能只求快，一處理不好，瞬間變成大災難，那真的是一個非常困難，而且難以想像的工作。

但是一年又很短，為什麼說呢？他說，就是突然間，哎，一年又過去了，因為每天工作都很忙碌，每天都趕著要處理問題，所以往往做到都不知道現在是幾月，做到搞不清楚季節、這是第幾個禮拜，然後春去秋來，毫無意識地又過了一年。我覺得這真是一個非常有趣的比喻。

我們會不會有時也會有這樣的喟嘆呢？很忙但也不知道在忙什麼。

那天，遇到我女兒。對，我每天都遇到她。說真的，我們常會覺得某些人是理所當然地存在，但也因為這個理所當然，好像我們很容易就忘記去珍惜。我喜歡把每天接觸到的人事物，當作是遇見，就算是你的家人，你也未必每天都能遇見。

以現在而言，如果是需要上學的孩子，其實每天可以相處的時間真的不多。上學前的一個小時，放學後假設晚上九點睡覺，那你幾點可以遇見你的孩子呢？可以相處幾小時呢？

五點的話是四個小時，六點的話是三個小時，而這三個小時裡，還必須包含他要洗澡、寫功課，也許能夠留下來跟你吃飯聊天的時間是很短的。一天加起來不過就那三小時，而這三小時，是不是真的就能遇見彼此呢？是不是就能知道彼此今天的生活、生命愉快嗎？

我覺得這都是需要想一想的。也就是說，你必須有意識地去在乎、在意、去計算或者盤算，你才真的有在打算。打算的意思就是有個 will、有個意志、有個你想要讓它發生的事。很多時候，我們只是被推著走，未必就能夠做到你要的，你也未必清楚、熟悉、知道此刻自己在什麼樣的狀態裡頭。

那天看到一個影片，我覺得很有意思，是一位攝影大師到某個大學去演講，他講到一半，突然說：

「關於攝影這件事，我們今天是要談的是注意力，可是我現在看到，眼前至少有十個人正盯著自己的手機，他們的注意力並不在我身上，並不在我們正在討論的這個主題上。巧合的是，我們正在討論的主題是注意力。我認為，如果你此刻都無法好好地有注意力，在吃飯的時候，無法用你的舌頭好好地去感受食物的味道；站在太陽底下，你無法讓你的皮膚好好地去感受到當下的溫度，那麼，你又如何真的可以去攝影呢？我們在這裡討論的，又有什麼意義呢？所以，我想，對我們而言，此刻，在這裡，我的演講就到這邊結束，也許是一個比較好的決定。」

當他講完的時候，全場響起了如雷的掌聲。這位攝影大師站起身，你可以看出來他是相對年邁的，但他非常恭敬有禮地跟台下的觀眾鞠了個躬，然後沿著樓梯走下舞台。他的腳步微微顫顫，那當下我是很震撼的。

我的震撼當然不只是一位講者在演講的場合，可以這麼當機立斷、這麼有態度地，沒有按照預定的計畫，而結束他的演講。當然這沒有按原定計畫的作為，也包含聽眾本身的行為，因為沒有一個主辦單位，沒有一場論壇或演講，會在事前計畫聽眾是不專心聽講、是希望聽眾一邊玩自己的手機一邊讓講者自顧自地講的。因此我覺得他的選擇、他的作為是非常恰當的，一點也不冒犯，且是有充分的理由，並在充分的說明之後取得理解。至少，他是努力想要取得對方的理解。

我更強烈的感受是，如果你此刻並沒有意識地活著，其實就該打斷此刻的行為。

我因此在想，我們常覺得很多事情就是要延續，那如果問你，你希望一個壞人好好地延續他的職業生涯嗎？你希望一件壞事是延續著的嗎？

如果不是的話，那我們不是應該要好好去思辯，現在做的這件事情是好的嗎？還是不好的？而不是輕易就覺得應該保持現在的狀況。

有時候我也在想，生命會不會也是春夏秋冬呢？

一年有四季，有春天、夏天、秋天和冬天，我們在每個不同的季節用自己的方式去對應它，但同樣的，如果把我們的生命看待成如同四季一般，也是有春夏秋冬，那我們是不是也應該用不同的方式，去應對不同的季節呢？甚至是我們自己家人的四季。春天也許是剛萌芽，剛開始，充滿了生命力，充滿了全新的爆發力，所有事情都是新鮮的，而所有事情也可能未必熟練。我想的是，那面對我們自己的家人，在他的生命是處於春天的時候，我們有把目光放在他身上嗎？

我們有看到他們正在嘗試，正在創造不一樣的故事嗎？

當生命來到夏天時，充滿了熱力，充滿了想像，也充滿了不尋常的、可以完全不顧一切的爆發力，就好像我們在夏天常常會渴望脫掉衣服、跳進海裡，剝去所有的束縛。你可以全力以赴，不必管太多的後果，因為你正在生命裡的夏天，你可能會闖禍，但是那些歡笑好像可以沖淡一些對於未知的害怕。

那秋天呢？秋天也許開始感受到蕭瑟，如同所有樹葉落下，並不是能主動掌握的，會感到有些失落，但那個落下，會不會也是生命的一部分，會不會也是必須要去接受的呢？

更別提冬天了，我們對於冬天難免總是感到悲傷，感到不捨，但是如果沒有冬天，如果永遠都是夏天，環境可能也受不了我們的族群啊，不斷出生，不斷增長而造成環境的負擔，我們自己也是。想像一下，如果沒有人會離去，那眼前我們所有的資源短缺問題，將會變得更加可怕，變得不再只是世代的問題了，是所有人的生存問題。

我們都希望所愛的人可以好好地、繼續地在我們身旁，但很多時候，這樣的願望未必能夠實現，如果能實現的話，恐怕我們的願望也會不實現。為什麼？因為當所有人都活著的時候，所有人都無法好好活著。

我們真正的願望是，希望我們愛的人能夠好好地活著。但基本上，這願望跟現實某種程度是有差距的，除非我們在好好活著之外，也會希望愛的人能夠好好地離去，這才會 make sense，才會達成平衡。

我對於自己有很多的好奇、納悶，甚至是困惑，為了消去這些困惑，我努力地說故事，不是因為故事可以解決那些我們無法解決的問題，而是故事或許讓我們有不同的機會，得到不同的說法。

問題也許未必會被解決，但是問題可能會有另外一種解釋的方式。

為什麼我的父親必須離開我？

為什麼我的母親會是失智症？

為什麼我愛的狗牠得死亡？

為什麼我敬重的長輩必須遠行？

為什麼我們會是被留下來的那個人？

而當我們留下來，難道對這世界就比較好嗎？好在哪？

我傾向覺得，這些問題有非常非常多種答案，最理想的答案是你不斷地有新的答案，不斷地有適當的答案。很多時候，我覺得那答案就是故事本身。

有人說結婚必須要挑好日子。這是球評曾文誠先生跟我說的，他說：「你有沒有想過，為什麼結婚必須要挑好日子？」

我說：「哎我不曉得？」

他說：「會不會……會不會是因為結了婚之後，就再也沒有好日子了？」

我聽完當然是大笑。

但是說真的，我們做每件事情不都是希望找到一個好日子嗎？譬如農民曆，每一天都有適宜做什麼，意指那是適合做那件事的好日子。但是，我總在想，假設今日「宜生意」，你拿到一筆訂單，競爭對手就拿不到了，那對生意而言，今天到底是不是好日子？難道對得利的人就是好日子？如果是那樣的話，這個好日子會不會也未必有意義？因為它的標準變成是浮動的，也毫無參考價值了。

也許，我們也可以用四季這個角度來看，冬天未必不是好日子，春天也未必就一定是好日子。也許更需要去思索的是，那你現在覺得好嗎？

就算遇到悲傷的事，能夠好好地去感受那個悲傷。就好像食物一般，有各式各樣的味道，如果永遠只有吃甜的，可是會得糖尿病的；永遠只吃甜的，可能也會錯過許多不同的滋味，也許是酸味，也許是苦味，也許是苦味引出來的那份甘甜。

我做過一個茶飲料的品牌廣告，拜訪了非常非常多的茶農，其中有位茶農的製茶廠在阿里山上。拜訪茶農的過程，勢必得喝茶、參觀茶園，跟茶園的主人深聊，這位主人我覺得很有意思，他請我們喝茶，喝完茶之後，他跟我說，他的茶是會回甘的。

他都跟客人講：「你要就趕快買，不然，你只會更麻煩。」我問什麼意思？他接下去說：「曾經有位客人，喝完茶之後就開車離開了，沿著阿里山公路一路下山，大約開了半小時，突然哇的一聲大喊，一陣甘甜，從喉韻一路往上，來到舌尖。客人只好找下個路口大迴轉，原路開回來跟我買茶葉。」

他說，這就是回甘啊。

我心裡想，哇，這是我聽過關於回甘最厲害的一種說法。他的回甘不止回甘，還讓你必須要回頭哦。

而茶並不是甜的，先碰觸到的可能是一種苦澀感，但最後停留在你心裡頭的，反而是那個甘味。

我就會去想，我們自己的人生、自己的故事，有機會回甘嗎？有機會讓別人因此願意稍稍回頭、回望一下嗎？你自己呢？對於自己的人生，你會願意去回想嗎？會願意去回憶嗎？

在最後，要「回去」的那一天，你會覺得自己的人生，是回甘的嗎？我覺得這題目就跟四季一般。

在極端氣候之下，很多時候會缺水，但一下起雨來，又馬上淹水；在網路時代，許多事物也變得極端起來。生命裡好像有許多的經驗，也較過往顯得激烈許多；面對開心的定義，似乎也變得大量而即時，甚至有點廉價。我們彼此可能都要小心那種人工甘味劑。那種欺騙感官的事物，那種過度強烈，也過度短暫的大量刺激，是會讓人陷入更多的混亂和困惑的。

與其這樣，我倒希望，自己的生命就像那杯茶一樣。

因為季節的雨水變化不同，茶有冬茶，也有春茶，各自的滋味不同。雨水多，茶葉相對豐潤，但雨水少，茶葉的清甜感反而更集中，更濃郁。

所以我覺得重點不在於是春茶好，還是冬茶好，重點在於，你是什麼樣的茶？你想要成為怎樣的茶？不管別人願不願意去品嘗，你自己認為好茶的模樣會是如何？你的味道是怎麼樣呢？

你自己一定知道。你無從逃避。

在四季裡活著。
在四季裡，成為那一片茶葉，並且希望自己也許有機會回甘。
我想，這就是為什麼我們不斷說故事，並且不斷被故事安慰、療癒、照顧到的原因吧。

希望你喜歡。
祝福你。

可愛黨故事集

文．圖————盧願 Hope Lu、盧建彰 Kurt Lu

副社長————陳瀅如
總編輯————戴偉傑
特約編輯———施彥如
行銷企畫———陳雅雯、趙鴻祐、張詠晶、張偉豪
裝幀設計———吳佳璘
內文排版———Sunline Design
印刷————前進彩藝有限公司

出版————木馬文化事業股份有限公司
發行————遠足文化事業股份有限公司（讀書共和國集團）
地址————新北市新店區民權路108-3號8樓
電話————02-2218-1417
傳真————02-2218-0727
客服信箱———service@bookrep.com.tw
客服專線———0800-221-029
郵撥帳號———19588272木馬文化事業股份有限公司
法律顧問———華洋法律事務所　蘇文生律師
初版————2024年12月25日
定價————380元
ISBN————978-626-314-767-6（平裝）、978-626-314-765-2（EPUB）

可愛黨故事集 / 盧願 Hope Lu、盧建彰 Kurt Lu 作 —初版．— 新北市：木馬文化有限公司出版：遠足文化事業股份有限公司發行 2024.12．240 面；14.8×21 公分
ISBN：978-626-314-767-6(平裝) 863.57 113017241